BABEL NOIR

sous la direction de Nelly Bernard

MORT D'UNE DRAG-QUEEN

DU MÊME AUTEUR

Riches, cruels et fardés, Série noire, Gallimard, 2002.
Requins et coquins, Série noire, Gallimard, 2003.

ISBN 978-2-7427-6985-8

Photographie de couverture :
Joe Kingleigh

HERVÉ CLAUDE

MORT D'UNE DRAG-QUEEN

roman

BABEL NOIR

Le temps flétrit le beau visage qui n'attire plus l'attention
Sous la pluie fine, le rêve galope vers le lointain

LI JING (916-961)

PREMIÈRE PARTIE

1

UN CORPS DE FEMME SUR LA PLAGE

La plage de Swanbourne était immaculée. La marée de la nuit avait effacé les pas des promeneurs. Le sable blanc, fin comme de la coke, gardait à peine les traces de roues des quads qui longeaient les dunes. Trois quads comme une petite escadrille. Ange, en civil, fermait la marche en tenant solidement le guidon pour éviter les trous ou les rares branches mortes rejetées par la marée. Deux policiers de son équipe le précédaient. Ils ne roulaient pas vite, comme s'ils n'étaient pas vraiment pressés d'arriver à destination. Ils allaient vers le milieu de la plage, sous le terrain militaire, entre le parking de Swanbourne et celui de City Beach. Ils avaient garé les pick-up à City Beach et ils avaient pris les motos.

Le soleil tapait déjà mais Ange n'avait pas de chapeau, ni de casquette, une protestation. Les lunettes de soleil, il y était obligé à cause de la réverbération et des scintillements des vagues courtes contre la grève immense. Ses cheveux sombres, son poil noir et sa peau mate étaient capables de supporter les rayons du matin. C'était sa manière à lui, le commissaire Cattrioni, de ne pas se fondre complètement dans le moule, de souligner ses origines. En Australie personne ne va jamais sur une plage sans chapeau. Le cancer, la peau, celle des rosbifs. Enfin personne…

Ce matin, sa protestation était plus diffuse, moins consciente. Il n'avait pas aimé que Gary, l'un de ses équipiers, l'un des deux qui roulaient devant lui, le réveille ce dimanche matin. Normalement il était off, il aurait pu dormir, se reposer. Ange a une bonne constitution, le corps trapu, le sport régulièrement. Mais la veille au soir il s'était couché tard parce qu'il était allé aux *Court Hotel*, le seul vrai bar gay de la ville. A l'australienne. Avec ce mélange unique de mecs et de lesbiennes, de cuir, de chaînes et de tenues moulantes hypersexy. Le *Court Hotel* n'est pas spécialisé comme les bars de Sydney. Même pas un hôtel d'ailleurs. Là-bas quand on parle d'un hôtel, il s'agit toujours d'un bar, un vrai avec des arcades métalliques à l'extérieur, un plancher usé, un billard et des tonneaux de bière. Un pub en fait.. Le *Left Bank Hotel*, le *Windsor Hotel*, le *Rose*… Tous pareils, leur charme. Le *Court* est un peu différent, tous les fantasmes de l'homosexualité s'y retrouvent avec des garçons et des filles, même si les sexes ne se mélangent jamais. Ange n'y était pas venu en service, juste le plaisir, les potes, la musique. Il avait même dragué un petit jeune. Sweat moulant, jeans cigarette, tatouages sur les bras et piercing sur le périnée. Excitant. Ils avaient terminé dans sa chambre à l'autre bout de Beaufort Street, loin du centre de Perth. Après, salut, bonsoir, dors bien et

Ange s'était couché tard mais il s'en fichait, cela ne le dérangeait pas, ni le soleil qui commençait à chauffer sérieusement. Il n'était même pas huit heures et demie du matin, juste avant l'été.

— Une femme, dans les dunes, sous le terrain militaire.

Les ennuis allaient commencer, voilà ce qui le tracassait.

Swanbourne est une plage nudiste. Un peu plus bas, sous le terrain militaire, l'aventure commence pour les gays. Un des spots de la ville pour eux. Ils se changent dans les vestiaires en plein air du parking, dans les *change-rooms*, ils se matent sous la douche, se tripotent dans les toilettes et partent ensuite se bronzer à poil sous la garde de l'armée. L'aventure se mérite puisqu'il faut marcher à pied dans le sable plus de deux kilomètres. Mais après, ils sont tranquilles. Ils ne croisent que des promeneurs, des marcheurs impénitents, nombreux le week-end, des couples, genre jeunes cadres ou étudiants qui font des allers-retours dans la matinée sous le soleil écrasant. Vers midi il n'y a plus grand monde. Dans les dunes, il n'y a qu'eux, il faut juste faire attention aux reptiles. Les iguanes sont sympas, très peureux. Mais les serpents grouillent aussi. Au téléphone, à sept heures, Ange avait demandé :

— Tu crois qu'elle aurait pu être mordue par un *brown tiger* ?

— La vraie question c'est : qu'est-ce qu'elle foutait là ?

— Quand ?

— Je n'en sais foutre rien, sans doute pas en pleine nuit, personne ne va jamais là-bas en pleine nuit, nom de Dieu.

— Ne jure pas.

— Merde, on n'est pas en Italie.

— Ta gueule, j'arrive.

Ça commençait à sentir mauvais. Au figuré bien sûr. L'odeur sur la grande plage de Perth qui bloque l'océan Indien et tient la ville à distance, est tellement pure, le sable sucre, les buissons des dunes brûlés de soleil, ce parfum de bois mort chauffé, de mulgas, d'acacia rampant, de plantes torturées et de lianes rabougries. Normalement il n'y a pas de viande morte, pas de cadavres, pas d'intrus – ou d'intruse. S'il y avait une simple possibilité d'odeur, elle serait chassée par le Dr Fremantle, l'alizé qui balaye tout, tous les jours que Dieu fait, à midi pile. Perth est une ville propre et réglée. Et parfois dans cette métropole perdue, la plus isolée du monde, les choses se dérèglent. Il y a les incendies naturels, les cyclones, les inondations, les requins et même la violence des hommes.

Ce matin, cette histoire ne lui plaisait pas, elle annonçait la fin de la quiétude, de la drague au soleil. La plage de Swanbourne est un espace de tranquillité commode qui ne lui a jamais posé de problème au commissaire Ange Cattrioni, lui qui s'occupe des rapports entre la communauté et la police. Et personne n'y trouve rien à redire dans cette ville tranquillement homophobe. Même les bikers, ces motards organisés en gangs, leur foutent la paix aux gays. Il faut dire que souvent, les bikers, on en retrouve au *Court* ou au sauna 565. Ange sait tout cela, il connaît son boulot. Mais ce matin il devinait que cette histoire de cadavre de femme dans les dunes marquait la fin de quelque chose. On n'allait pas les laisser batifoler indéfiniment. Ses collègues, la presse, la télé, tout le monde allait d'un coup mettre son nez dans ce coin sauvage.

Les trois quads approchent, petite escadrille noire, perdue comme un peloton de mouches sur le sable blanc. Ils auraient dû arriver par le parking de Swanbourne, beaucoup plus proche, ils auraient même pu venir à pied. Un peu plus loin, une dizaine de badauds à poil regardent au-delà du périmètre de sécurité dressé par des militaires qui ne disent rien, seulement qu'il ne faut pas passer. Ils font ça les jours de manœuvres. Cette fois les naturistes essayent d'en savoir plus, ils voient arriver la petite escouade dont Ange ferme la marche, ils se doutent de quelque chose.

Les trois flics s'arrêtent et laissent leurs engins sur la plage, remontent la dune jusqu'au mirador que les militaires utilisent les jours où ils font des exercices. Ange a un frisson de nostalgie en s'approchant. Il est souvent venu sur cette plage, jamais pour travailler, seulement pour se détendre. L'été, et même une bonne partie de l'année, elle ressemble au début du monde. Un coin de sauvagerie que les hommes ont oublié. Ils ont laissé la nature vierge border leur ville.

Ils n'ont pas cherché à la domestiquer. Ainsi le bush sépare la mer de la ville, des maisons, des banlieues. Il garde ainsi toute sa séduction et sa cruauté. Les serpents s'aventurent parfois jusque sur la plage, les oiseaux aussi. Même les perroquets vert et rouge y risquent de temps en temps une parade. Là, nu entre ciel et mer, on sent un tout petit peu la vraie nature du monde dans la solitude de l'aube ou au soleil couchant, avec le bleu immuable du ciel. Pas sûr que cet espace restera longtemps inviolé. Parfois on peut même nager en compagnie d'un phoque.

— Comment l'as-tu su ?

— Un coup de fil.

— Localisé ?

— Une cabine. On a raccroché tout de suite. Cela venait de la cabine du parking de City Beach. Depuis j'ai tout de suite envoyé Tony mais je lui ai dit de ne toucher à rien avant que tu n'arrives. Il a dit qu'on serait surpris.

— Il vaut toujours mieux que Tony ne touche à rien…

Sa plaisanterie n'a même pas fait rire Ange. Ils doivent maintenant marcher dans les dunes en contournant les bosquets épais, et les plantes enchevêtrées, en enjambant la clôture du terrain militaire. A terre, il y a seulement un corps. Trop grand, trop brillant, aussi. Une robe lamée, serrée sur le corps aux lignes sculptées. Des seins fermes. Elle est étendue sur le dos et son buste s'abandonne à angle droit par rapport au bas du corps. Le bras gauche est en arrière, décroché de l'épaule comme si elle était démise. Au bout, accroché à la main entrouverte, une paire de chaussures à talons fins, rouge et argent. Ange sait déjà, il n'a pas besoin de voir que les cheveux blonds, trop blonds justement, étalés derrière la tête ont commencé à se détacher du crâne de quelques millimètres. Une perruque qui laisse entrevoir une tête rasée. Il n'aura même pas besoin de remonter encore la jupe. La bite dessine un renflement sous les vêtements de soie.

Ange l'a reconnue dès le premier instant. Celle qui est allongée là est l'une des drag-queens qui imitait une star en play-back hier soir au *Court Hotel*. Juste avant qu'il ne commence à sourire au jeune mec en jean serré et au piercing sous les couilles. C'est la drag-queen qui chantait une chanson de Kylie Minogue.

La fin de quelque chose.

2

FRUITS ET…

Nous étions fin novembre et les pluies avaient cessé depuis longtemps. L'été approchait, le soleil donnait comme d'habitude dans son registre aigu mais le vent était encore fort. C'est peut-être pour cela que je n'allais pas beaucoup me baigner à Swanbourne. C'est peut-être pour cela que je n'avais pas attaché d'importance à l'histoire de la drag-queen. C'est peut-être pour cela que je n'avais pas vu Ange depuis longtemps.

A la réflexion, ce n'était rien de tout cela. Une fois de plus, je n'avais pas vu le temps passer et je n'avais pas été très attentif aux autres. Et puis ce soir-là :

— Merde, Ashe, qu'est-ce que tu fous là ?

— Comme toi sans doute…

— Je croyais que tu étais rentré en Europe, je ne pensais même plus à toi.

— Merci…

— Mais tu disparais tout le temps !

Qu'est-ce que nous foutions là ? C'était bien cela la question. Je n'avais pas complètement perdu ma soirée puisque je venais de retrouver Ange. Son sourire, ses yeux bleus. Râblé comme un nounours mais pas un poil de graisse sous le costume sombre, l'élégance italienne, cela ne se perd jamais. Le tissu, les rayures, la coupe. Vu d'un peu loin, au milieu des autres, personne n'aurait pu deviner qu'il était flic. En chef. L'équivalent de commissaire, mais un rôle plus important à cause de sa virtuosité, de son talent. Il avait fait tomber des gros bonnets, des promoteurs immobiliers véreux, des chefs de gang, celui des motards. Il a mis un peu d'ordre dans ce Far West qu'est encore l'Australie-Occidentale. Un petit geste légal destiné à être effacé par le temps et écrasé par l'oubli dans l'immensité de ce territoire vide autour de la ville de Perth et de ses banlieues. Mais un petit geste quand même. Juste un peu plus de justice dans ces étendues interminables, sans foi ni loi. Ange fait ce qu'ont fait les Britanniques quand ils ont conquis la planète : mettre un peu d'ordre dans un monde qui n'en avait jamais connu. C'est drôle que lui le Rital fasse le même job. Mais il est si *british* au fond. Je lui ai lancé :

— Toujours actif ?

— Tu veux dire… dans mon boulot ?

— Je veux dire ici, chez les pédés.

— Je vais te mettre une amende pour homophobie.

— Pourquoi ? Personne ne l'est ici ?

— Ton ironie française… incorrigible !

— Je savais que les Australiens n'avaient pas d'humour mais je croyais que les Italiens…

— Je suis australien et je t'emmerde…

Et ainsi de suite. Nous n'avions pas grand-chose à nous dire et tout à nous raconter. Impossible de savoir par où commencer. Cela aurait sûrement été plus facile dans un lit. Mais nous n'avions plus baisé ensemble depuis une éternité. Et cela n'arrivera sans doute plus. Enfin c'est ce que je me dis chaque fois, juste après. Une manière de conjurer le sort. Ange est tellement imprévisible. Et tellement sexy. Il m'attaquait de nouveau :

— Je ne t'avais jamais vu avec une cravate.

— Si, une fois, à une autre soirée *Fruits in Suits* comme celle-ci. On s'était déjà rencontrés là.

— Vrai ! Mais on y rencontre tellement de gens…

— Je me dissous toujours dans la foule, tu le sais bien.

— Ce n'est pas ce que je voulais dire.

— Mais tu l'as dit et tu sais que c'est une de mes qualités. Malgré ma grande taille.

— Justement, je voulais te demander…

Mais il n'a pas poursuivi sa phrase. D'abord parce qu'il a hésité, juste un peu trop. Et qu'à ce moment-là il a été interrompu par un avocat, un type d'une quarantaine d'années, un peu arrogant qui s'occupait d'un promoteur qu'Ange n'avait pas raté l'année dernière. J'étais sûr qu'ils en avaient pour un moment. Je me suis éloigné doucement, fondu dans le décor et j'ai regagné la table que je partageais avec d'autres amis interchangeables, sans grand intérêt, mais plutôt drôles. Des mois que je ne m'étais pas ainsi socialisé. Il y avait un autre flic beaucoup plus jeune et blond, timide, qui travaillait avec Ange et semblait impressionné que je sois allé blaguer avec lui. Un prof de maths à lunettes et grosse moustache, plus âgé, qui couvait des yeux le policier puceau, un acteur au chômage (pléonasme) et un boulanger d'origine française (re-pléonasme). Enfin d'origine lointaine, par sa mère je crois. Il ne parlait pas un mot de français hormis "baiser" qu'il employait à tout bout de champ et "enculer" qui le faisait rire, va savoir pourquoi. Bref c'était très mélangé.

C'est le propre de ses soirées-là. On y dîne d'une manière informelle, on se met à n'importe quelle table, où on peut. On mange ce qu'on veut, il y a un buffet léger. On peut même commencer par le dessert. D'où les *"Fruits"*. En revanche, derrière ce désordre apparent, il faut garder une tenue correcte y compris vestimentaire. Costume et cravate obligatoires. *Black tie* de préférence. D'où les *"Suits"*.

Fruits in Suits voilà le nom de ces soirées du mélange social et de l'apartheid sexuel. Car pour être admis à ces dîners-là il faut avoir des couilles au sens propre. Pas question de se mélanger avec des filles, même lesbiennes. Contrairement à certains bars, les gays des deux sexes ne se rencontrent pas dans ces soirées. Le côté club anglais, ils se sentent mieux entre mecs… Cela se passe dans un restaurant de Beaufort Street à Mont Lawley. Une position sociale avantageuse est un atout, pas une condition. Quand je m'étais inscrit la première fois j'avais écrit : inspecteur international d'assurances. Je n'avais pas menti puisque cela avait été mon métier pendant des années. Ce n'était même plus vrai quand je l'avais écrit, j'avais déjà fait fortune dans des conditions si suspectes que je ne voulais à aucun prix qu'ils le sachent. Je profite depuis quelque temps de la fortune d'un truand gay, sur laquelle j'ai mis la main par hasard et que personne ne réclamera jamais. Cela me permet de vivre ici selon mon humeur et à ma guise. Mais, la première fois, j'aurais pu dire peintre en bâtiment, banquier ou chômeur.

— Toujours à glander ?

Ange était venu me rejoindre dans mon coin, au bout de ma table que les autres avaient déjà désertée.

— Je vis tranquillement en attendant la mort. Très bien.

Cela ne l'a pas fait rire. Tout simplement parce qu'il n'avait même pas écouté ce que je lui répondais. Il sait bien que je me laisse vivre dans cet étrange endroit du globe, la ville la plus isolée du monde. Une ville où la vie est douce et monotone, où on se laisse dériver lentement sans réagir. Si tranquille que ces derniers temps je ne cherchais même plus à tomber amoureux. Depuis David, un petit jeune qui m'avait fait battre le cœur et oublier ma solitude pendant quelques mois et qui avait soudain disparu à l'autre bout du monde, je ne m'étais attaché à personne. Bien ou mal ? C'est le propre de la langueur de Perth de ne plus avoir à se poser ce genre de questions. Mais une vraie ville tout de même. La preuve, il y a des flics et même des flics en chef comme Ange.

— Tu es sur quelque chose en ce moment ?

— Je suis toujours sur quelque chose ou sur quelqu'un. Comme nous tous …

Cette fois, il a souri mais il n'a pas insisté. Je savais bien qu'il avait une idée en tête. Et que cette idée n'avait rien à voir avec mon sex-appeal. Depuis que je le connais, j'ai appris à lire dans ses yeux bleus. Cette fois il m'observait de son regard azur, professionnel, sans le moindre désir.

— Enfin, quand même, tu ne fous pas grand-chose ?

— C'est un choix. Jouer au golf, se bronzer sur la plage. Lire Dostoïevski, Philippe Roth ou Sagan, écrire un peu de poésie. C'est un emploi du temps chargé.

— Tu écris… des poèmes ?

— Oui cela m'arrive.

Il était estomaqué, comme si je lui avais dit que je voulais changer de sexe ou quelque chose d'approchant. Sans doute parce que nous partagions intimement le respect de la chose écrite et que nous n'en parlions qu'avec sérieux, je n'avais jamais osé lui en parler. Il n'a pas insisté.

— Et puis je rends aussi des services à des amis, tu le sais bien ?

— Quel genre de services ?

Il jouait sur le double sens mais il savait très bien ce que mes qualités d'ancien enquêteur pour les assurances peuvent apporter – dans les marges – à un policier officiel comme lui. Les promoteurs véreux par exemple, je l'avais un peu aidé. Mais il continuait son ironie juste pour m'emmerder et puis :

— Tu as vu l'affaire de la drag-queen à Swanbourne ?

Nous y étions. Malheureusement ça tombait mal parce que je devais encore être dans une de mes périodes flottantes, une de mes exaltations poétiques, j'avais à peine lu la presse. Ce que j'en savais, je le tenais de ragots de plage ou de sauna, rien de bien fiable. Donc j'ai avoué :

— Je sais qu'une créature a été tuée dans les dunes. Qu'elle était drag-queen et chantait en tournée dans les bars gay. A Perth, cela doit se limiter au *Court Hotel*. Mais je ne sais ni dans quelles conditions ni quand exactement.

— C'était il y a une semaine, un peu plus car nous sommes lundi aujourd'hui. Un week-end. Le dimanche matin exactement, je m'en souviens bien, j'étais sorti draguer la veille et justement je l'avais entendue chanter au *Court* quelques heures avant sa mort.

— Tu étais là ?

— Avant sa mort, oui mais pas pendant…

— Idiot, tu sais ce je veux dire. Tu t'en souviens ?

— Si je ne m'en souvenais pas, ce serait triste pour elle, elles font tout pour se faire remarquer. Mais j'étais assez occupé.

— Par tes fonctions vis-à-vis de la communauté ?

— Non par un petit mec sympa, je n'étais pas en service. Je ne l'ai pas revu mais sait-on jamais ! Le problème n'est pas là. Elle chantait en play-back sur

Kylie Minogue. *Can't Get You Out of My Head.* Il y en avait aussi une autre qui chantait la musique du *Titanic*, Céline Dion, je me souviens de ces deux-là précisément. Donc elle chantait avant de sombrer, juste avant de mourir la même nuit à quelques kilomètres de là.

— Violée ?

— Tu gardes l'habitude de poser les bonnes questions. Mais la réponse est incertaine. Je ne pense pas qu'on l'ait emmenée de force dans les dunes. Elle était un peu shootée mais sans plus, elle a dû y aller de son plein gré. Et elle ne s'est sans doute pas fait violer non plus.

— Des traces ?

— Pas de traces de violence, même à l'anus. Elle ou il – j'ai plutôt envie de dire il quand on se rapproche de détails intimes – semblait avoir l'habitude de se faire baiser. En tout cas il ne s'est pas débattu.

— Je parlais de traces matérielles.

— Pas de capote aux alentours. Un rapport non protégé avec quelqu'un qu'il connaissait probablement. Donc des traces de sperme. Un rapport tout à fait complet et il a été vraisemblablement assassiné après, très peu de temps après.

— Le sperme ?

— Analyse ADN et tout le tintoin, bien sûr. Mais pour l'instant cela n'a rien donné. Il n'y a pas d'autres indices. Les videurs du *Court* l'ont vue partir seule, à pied, peu de temps après son numéro. Ils s'en souviennent très bien. Elle a disparu dans la nuit sur Beaufort Street, au rythme du claquement de ses talons aiguilles.

— D'autres témoins ?

— J'aime bien quand tu joues au flic.

Ange ne souriait pas. En tout cas pas son visage, mais ses yeux, oui. Il était pris maintenant par son histoire, il me la racontait en détail alors qu'il avait sûrement des tonnes de gens à voir à ce dîner *Fruits and co*. Si les mecs viennent ici, c'est très souvent par intérêt professionnel. Il est bon pour le jeune policier timide de rencontrer le commissaire Ange Cattrioni dans un lieu où les barrières hiérarchiques tombent. Pour un avocat, de faire connaissance avec tel ou tel juge. Pour l'adjoint au maire, de parler en toute simplicité avec un plombier polonais ou le président de l'Union des commerçants de la City. Ou le propriétaire du sauna 565. Aucun de ces liens ténus, tissés ici, ne sera complètement dénoué par la suite. Pas tout à fait un lobby gay mais au dîner *Fruits in Suits* on se tient les coudes. On se tient parfois aussi les couilles mais c'est une autre histoire. Ce n'est pas un rendez-vous sexe non plus. Pour cela il y a d'autres endroits, bars, saunas, où d'ailleurs on peut très bien retrouver les mêmes.

— Je continue mes questions de flic ?

— Si tu veux, j'aime bien quand tu t'énerves.

Non seulement il ne s'agissait pas de séduction ce soir avec Ange mais en plus il me faisait marcher comme jamais. Et moi, évidemment, je courais. Je savais qu'il allait me demander quelque chose qu'il ne pouvait pas faire et qui relevait de mes compétences.

A savoir : enquêtes, milieux marginaux, gay de préférence mais pas exclusivement, curiosité, disponibilité (cela Ange ne l'avait apparemment pas).

— Personne ne l'a vue nulle part entre le bar et les dunes ?

— Non et c'est curieux. Elle avait loué une voiture chez Thrifty, retrouvée dans un parking de Subiaco. C'est là qu'elle a dû monter dans la voiture de son assassin. On enquête auprès des taxis, dans les autres boîtes, au sauna aussi, bien que ce ne soit pas tellement le genre des travelos de les fréquenter.

— Travelos ? Amende pour homophobie, commissaire Ange !

— Disons des drag-queens ou des trans.

— C'est mieux. Des indices sur place ?

— Rien, les traces ont été soigneusement effacées. Je parle des traces dans les dunes.

— Alors ?

— Alors pratiquement rien d'autre et j'ai pensé que tu pourrais peut-être me donner un coup de main.

— J'en étais sûr.

Nous avons ri tous les deux et nous nous sommes frappé les deux mains, comme des champions de cricket après une belle séquence de jeu. Paumes en l'air, face à face. La salle du dîner était maintenant aux trois quarts vide, ces réunions ne durent pas plus de deux heures. Très business business. Comme s'ils devaient aussitôt retourner à leurs affaires. Leurs affaires, je ne sais pas, je crois plutôt qu'ils partent ensemble se boire une pinte dans un endroit plus décontracté. Ne restait que la salle défraîchie, et les bouquets de fleurs aux couleurs pastel que la direction installe chaque fois pour égayer la monotonie des chaises en rotin, des nappes blanches et du buffet froid. Les homosexuels aiment les fleurs c'est bien connu. Ange s'est levé, j'ai fait pareil.

— Alors ?

— Tu n'as pas envie d'aller préparer Noël à Sydney ?

— Sydney ?

— Tu n'aimes pas ?

— Si bien sûr, mais je n'avais pas prévu…

— Tu ne prévois jamais rien de toute façon.

— Mais pourquoi Sydney ?

— Parce que c'est là que ça se passe. Et c'est de là qu'elle venait. Elle a chanté au *Newton Hotel*. On ne sait pas grand-chose sur elle, même pas son identité.

Mon étonnement. Ange a tout de suite ajouté :

— Dans ce milieu ils où elles ont des noms de guerre. Elle se faisait appeler Charlene. Tu parles !

— La police ?

— La police, lisse, lisse…

— Enfin…

— Oui la police justement. La drag-queen avait bien des papiers d'identité. Charles Parker cette fois, mais je suis prêt à parier qu'ils sont faux. A part les gros titres de la presse pendant les deux jours qui ont suivi, tout le monde s'en fout qu'une pauvre créature comme elle ait été trucidée. C'est comme ça qu'il faut voir les choses. Maintenant qu'on sait qu'elle venait de Sydney, ce sont les fédéraux qui s'en occupent. Ils se contentent de Charles Parker. Pas de famille, pas de proches pour réclamer des résultats d'enquête. Si on ne fait rien, ce pauvre gosse sera enterré une deuxième fois, définitivement.

— Quand tu dis si on ne fait rien, c'est qui on ?

— La communauté.

— Et alors ?

— Toi, tu peux enquêter à Sydney.

J'ai eu envie de le titiller :

— En échange de quoi ?

— Ma considération et des notes de frais bien sûr. La police n'est pas généreuse, mais réglo.

— C'est tout ?

— Tu fais chier, tu te prostitues maintenant ou quoi ?

— Je déconne, c'est juste que je n'avais pas prévu.

Avec Ange, il faut savoir s'arrêter. Et ne pas mélanger le business et le reste. Je ne m'étais pas trompé. J'avais bien lu dans ses yeux dès le début que sa requête était strictement professionnelle. Avant de partir, je ne l'ai même pas embrassé. Pas le genre des soirées *Fruits in Suits*.

3

NEWTON HOTEL

Le contraste. Entre la bonhomie du *Newton Hotel* et les tenants et les aboutissants de la mission qu'Ange m'avait confiée. Il y avait mort d'homme quand même. Ici, c'était une atmosphère de franche camaraderie, à peine sexe. Des mecs pas trop déguisés, beaucoup moins hard que dans l'autre quartier gay de Sydney autour d'Oxford Street.

Le quartier de Newton est aimable et symbolique. Une seule grande rue qu'on enfile d'un bout à l'autre, où tout est placé sous le signe de l'homosexualité. Les bars et les restos, bien sûr, où les hétéros viennent s'encanailler toutes les fins de semaine, on s'amuse tellement plus chez les gays… mais aussi les autres boutiques, vêtements, décoration, gadgets. Le lycra, les slips taille basse, les tee-shirts scintillants, les casquettes, les lunettes de surfeur, les crèmes solaires, les crèmes après-soleil, les crèmes antirides, les produits épilatoires.

Newton est symbolique. C'est à King Street, sa rue principale, qu'ont été tournées quelques séquence du cultissime *Priscilla folle du désert*, acte majeur de l'affirmation de la communauté gay dans la sphère publique. Grand public. Le film repasse en boucle sur les grandes chaînes de télé, les gens adorent. Ils adorent les drag-queens. En Europe le travelo fait sourire. A Sydney les drag-queens servent à la terrasse des cafés branchés, coiffure choucroute, robe lamée, sourire rouge baiser, toujours le sourire. Elles caressent les mecs sur la nuque ou dans le sens du poil. Et celles qui ont le mieux réussi (sont le mieux réussies ?) chantent le soir dans les meilleurs bars.

C'est ici que j'avais décidé de foncer tout de suite. J'en avais discuté avec Didier, mon *mate* comme ils disent, mon copain qui me loge à Bourke Street tout près de l'autre quartier gay, autour d'Oxford Street et de Taylor Square.

Quand j'ai débarqué au *Newton Hotel* aux environs de neuf heures du soir il y en avait un (une ?) qui faisait Tina Turner, ses hanches fermes, la robe noire en stretch, les formes généreuses, la perruque bouclée sur une peau très brune. La gestuelle bien imitée, synchro sur la musique. Enfin ce que je connaissais de Tina par la télé, son enthousiasme, ses bousculades, son côté rock. Mais c'était la fin de son numéro. J'ai juste eu le temps de me dire qu'il faisait tout de même beaucoup trop jeune pour imiter la grand-mère du rock. Didier m'avait dit de ne pas y aller trop tôt, il s'était trompé.

Didier connaît tout le monde dans le milieu gay. Il est steward à Qantas, la compagnie aérienne. Les trois quarts des stewards de Qantas sont gay, c'était un bon réseau de départ. Je savais qu'il pouvait me mettre sur quelques pistes. Pour les drags, il m'avait dit *Newton Hotel*. J'aurais pu trouver cela tout seul, je connaissais déjà. Je ne lui avais pas expliqué ce que je cherchais précisément. J'avais inventé une histoire de personnes disparues. Didier n'en avait pas cru un mot mais peu importe, il me fait toujours confiance.

Donc le gars terminait de chanter Tina Turner quand je suis entré. Il saluait déjà quand j'ai commandé ma bière. Dans le bar, les mecs étaient tous très jeunes. Ils appréciaient le spectacle. Ils hurlaient et applaudissaient à tout rompre. Jeans et tee-shirts blancs, cheveux courts et quelques piercings aux oreilles, pas beaucoup plus. Ambiance gay soft. Déjà un peu imbibés de bière mais pas trop d'autres stimulants. Des parties de billard dans un coin. Moyenne d'âge trente ans mais je n'étais absolument pas gêné d'en avoir presque vingt de plus. Une espèce de bienveillance, des sourires et quelques bribes de conversation. Mon léger accent faisait mouche. Ils m'écoutaient, *so french*. Vraiment des petits gars bien. Celui qui imitait Tina devait revenir mais beaucoup plus tard, dans le deuxième show. J'ai attendu, je ne voulais pas le rater. Il y avait une sorte d'impossibilité de relier cette ambiance fraternelle et le corps meurtri de Charlene dans les dunes. Pourtant ce lien devait bien exister. La seule chose que je pouvais faire c'était de me brancher sur le secteur.

J'ai dû boire pas mal. Je suis allé pisser trois fois et même dans les toilettes ça restait bon enfant. Pas de drague sauvage, pas de fellation rapide dans les cabines, en tout cas pas quand j'y suis allé. Le versant le plus respectable de la communauté. Je ne porte pas le moindre jugement, je situe simplement. J'ai déjà tellement de mal à me situer moi-même... Le dernier spectacle avait du retard, j'ai pensé que j'allais me faire chier et puis non, j'ai attendu comme je sais faire en posant mes jalons sans trop faire remarquer ma grande taille. J'avais une casquette rouge évidemment mais elle était sombre, avec le sigle d'une équipe de cricket de Perth. D'ailleurs un mec sur deux portait une casquette.

Le show a redémarré et c'était vraiment chouette. Il y avait une fausse Liza Minnelli avec des bas noirs à jarretelles, un body noir en satin et un chapeau melon sur la tête. Elle chantait *New York, New York*, évidemment. Un trio de trois hystériques sans aucune ressemblance avec les Andrews Sisters qui ont tout de même mimé *Rhum et Coca-Cola* avec un humour de potache. Une Bette Midler assez mince, ressemblante même, dans la laideur aussi. Elle chantait *The Rose*. Ce fut la plus applaudie jusque-là, bien que ce soit plutôt un truc de ma génération. Mais le public avait l'air de connaître les paroles des chansons par cœur. Ils ou elles – les drag-queens – avaient mis beaucoup de soin à fignoler leur personnage. Le blush sur les joues, le mascara sur les cils et les eye-liners pour souligner les yeux, tout était préparé avec un soin de maquilleur professionnel. Les ombres à paupières leur donnaient des regards pénétrants. Beaucoup de fausses fourrures, des bustiers trop serrés et des lunettes en plastique fluo. Après il y eut l'inévitable gothique de la soirée, qui chantait Cher avec une agressivité forcée. Enfin un barbu qui n'imitait sans doute que lui-même avec une perruque blond platine, un collier de perles bleu pâle sur sa poitrine velue et un string en cuir noir. Absolument affreux, la salle était morte de rire.

Enfin il est arrivé. Je dis il parce que si l'évocation de Tina Turner était réelle on ne pouvait se tromper sur son sexe malgré la qualité du maquillage et la justesse des accessoires. De nouveau, les gestes précis. De nouveau, l'enthousiasme de l'interprétation et du public aussi. Après deux morceaux, il a chanté *I Will Survive*, sans imiter Gloria Gaynor, en restant Tina, mais ça fonctionnait. De toute façon c'est le genre de tube qui a toujours fonctionné chez les gays, bien avant la mode dans le football.

J'en ai profité, comme d'autres, pour lui adresser des clins d'œil et lui envoyer un baiser. J'en rajoutais, nous lui avons même fait perdre le rythme. Je jouais les fans. Son nom de scène était Tina Burner, on ne peut être plus clair. J'avais décidé d'entrer en contact, je ne me doutais pas que cela nous entraînerait aussi loin. Quand il a fini son dernier bis, Tina a quitté la scène en bougeant son cul d'une manière admirable, ce qui a redoublé les applaudissements. Sous la robe en stretch noir, un magnifique cul musclé de mec.

Côté coulisses, j'ai veillé à ne pas en rajouter. Je la jouais cool, un verre à la main, j'ai parlé à la gothique d'abord, rouge à lèvres noir, collier à cotte de mailles et piercings multiples dans la langue, toute souriante maintenant. J'ai échangé deux ou trois plaisanteries avec elle, puis je me suis approché du petit groupe que formaient la Tina avec d'autres drags et plusieurs jeunes de leur âge. Sans façon. Ils ou elles tapaient des mains, criaient dans un désordre chahuteur au milieu des portants pour les robes et des malles fourre-tout. Certaines étaient quasi à poil, l'une des fausses Andrews Sisters avait même enlevé son string et se baladait au milieu des autres en exhibant ses avantages. Cela les amusait, tous se moquaient. D'autres étaient plus pudiques et se cachaient derrière un paravent pour ôter leur peau féminine. Mais tous plaisantaient, accentuaient les caricatures. Cela ressemblait plus à une fête de fin d'année au lycée qu'à un show transsexué d'un cabaret de la plus grande ville homosexuelle du monde.

J'ai fait comme si, comme si je faisais partie des meubles depuis longtemps. Je sais bien faire malgré ma grande carcasse et ma casquette rouge et personne ne m'a fait la moindre remarque. Insensiblement je me suis installé vers le groupe de Tina. Je parlais avec une qui se démaquillait. Et puis je me suis retourné vers lui. Tina m'a reconnu tout de suite, le fan du premier rang, je l'ai lu dans la légère gêne de son regard. Mais j'étais si discret que je me suis encore fait oublier. Juste me glisser dans la conversation en me rapprochant de lui. "Lui", sans hésitation. Avec son crâne complètement rasé sous la perruque, la virilité de ses traits ne pouvait tromper personne. Ni ses cuisses musclées ni le torse glabre mais épais. Il avait presque tout enlevé, les bas, les souliers à talons, les boucles d'oreilles et le maquillage en s'aidant de coton parfumé. Il avait même sorti les faux seins et le soutien-gorge. Il ne restait que la robe. Il était assez mat de peau, même s'il l'avait foncée pour le show, peut-être grec ou yougo.

Sa petite robe sombre, il l'avait gardée sur lui. Elle lui remontait maintenant jusqu'aux fesses et j'aurais juré qu'il était nu dessous. Des cuisses longues, prêtes à danser. Du sérieux dans le regard qu'il portait maintenant de plus en plus souvent vers moi, une interrogation. Moi, je ne m'interrogeais pas trop, j'avais envie de mieux le connaître. Finalement il est allé ôter son vêtement de scène derrière un rideau. Quand il est ressorti, il avait un jean blanc très moulant, une ceinture épaisse nacrée et un tee-shirt aussi blanc mais scintillant. Sans manches et les muscles de ses épaules se voyaient beaucoup plus. Il se voûtait un peu comme s'il voulait les cacher. Quand il est revenu, les autres avaient disparu et je me suis retrouvé seul avec lui. Cela n'a pas eu l'air de le gêner.

— Tu m'aides à porter ma valise ?

Je lui ai proposé de prendre un verre, il a accepté tout de suite.

— Mais pas ici, *please*.

— Où tu veux.

— Là où je veux, tu ne m'y suivrais pas !

— Pourquoi ?

Tina a rigolé et m'a demandé :

— C'est quoi ton accent ? Tu ne vis pas ici…

— Oui et non. En Australie oui, mais pas à Sydney.

Il m'a encore souri avec gourmandise. Un court moment j'ai pensé qu'il m'avait pris pour un micheton.

Ce qui veut dire que je pensais aussi qu'il pouvait se prostituer. J'avais tout faux mais j'ai toujours du mal à croire, quand ça m'arrive, qu'un mec de trente ans puisse être attiré par un vieux con comme moi. Que je suis con !

J'ai porté sa valise dans le coffre de son auto et nous avons conduit la voiture jusqu'au parking de Taylor Square après avoir traversé la moitié de la ville. Je ne voyais pas très bien à quoi ça servait de passer d'un quartier gay à l'autre d'autant que ce n'était pas vraiment à la consommation de bière que nous pensions. On s'est retrouvé sur une terrasse, l'ancien *109*, en plein milieu du carrefour. Bruyant et surexcité, alcoolisé et pollué. Pourtant depuis qu'ils ont construit le souterrain sous Taylor Square, l'endroit est censé être beaucoup plus calme. Ce n'est jamais. A Newton il y a le jour et la nuit, les breakfasts et les soirées tardives comme partout ailleurs, mais ici dans le quartier d'Oxford Street ça bouge vingt-quatre heures sur vingt-quatre. L'excitation ne s'arrête jamais, les peep-shows non plus, les porno-shops encore moins. Et le sauna non plus. Le *King Steam* est toujours ouvert, c'est là que, plus tard, nous avons décidé d'aller.

Minuit était passé depuis longtemps, la terrasse était pleine et Tina connaissait beaucoup trop de monde à mon goût. Normal puisqu'il y servait de temps en temps. Je me demandais ce que pouvaient bien penser ses potes en me voyant, grand mec un peu déjanté avec lui, à cette heure-là. Je m'en foutais, je n'étais pas là pour parader avec un jeune à mon bras. Il semblait être copain avec tout le monde, une connivence un peu suspecte. Mais c'est le propre des gays quand ils se retrouvent dans un de leurs lieux. Ils en font toujours un peu trop, comme s'ils avaient déjà couché ensemble vingt mille fois. A un moment je lui ai demandé :

— Tu as un mec ?

— Pas en ce moment.

— Qu'est-ce qu'ils en disent tes mecs ?

— De quoi ?

— De tout ça, ton numéro, les drag-queens.

— Ça les met mal à l'aise et ça les fait fuir.

Il a eu un petit sourire amer. En réalité, je ne savais rien de ce monde du travestissement, du franchissement des barrières des sexes. Je redoutais, sans en avoir le début d'une preuve, que cela pouvait cacher, chez les gens comme Tina, un mal-être, un désenchantement, voire plus. Les clichés habituels. Je ne savais rien de ce monde-là mais pour la première fois, j'y étais confronté de face. Et le sentiment que j'en éprouvais relevait simplement du désir. Il m'a touché quand, d'une voix moins forte, il m'a demandé :

— Et toi ?

Il avait perdu sa faconde, son aisance. Son crâne rasé et sa figure juvénile ne gardaient aucune trace de son exhibition de la soirée hormis quelques paillettes scintillantes sur ses paupières mal démaquillées. Il l'avait sûrement fait exprès. Une manière de ne pas quitter complètement le déguisement du bal. J'ai simplement rougi et je me suis senti idiot.

Il m'a proposé d'aller au sauna. Une proposition abrupte mais sans ambiguïté. Je me suis encore demandé ce qu'il pouvait attendre de moi, ce genre de trucs idiots qui vous passent par la tête. Mais cela faisait maintenant plusieurs années que j'avais juré d'arrêter de me poser ces questions sans réponses. J'ai dit oui sans réfléchir plus.

Le *King Steam* est au bout d'Oxford Street. La rue était maintenant plus calme, le sauna aussi. Nous n'avons pas échangé trois mots avant de nous retrouver à poil l'un et l'autre dans la vapeur. Il a commencé à me masser. Après nous sommes allés dans une cabine. Je n'avais pas fait l'amour avec autant de tendresse depuis longtemps. Tina aimait se sentir protégé et sa préférence allait aux messieurs d'âge mûr. Le choix du *King Steam* n'était pas un hasard, c'est le sauna de Sydney où la clientèle est la plus âgée.

Donc tout s'est bien passé. Après, c'est une fois sur deux, une chance sur deux. Soit on dit tout de suite qu'on a besoin d'une bonne douche et on se souhaite bonne nuit – au mieux on se fait une bise fraternelle –, soit on continue à parler dans les odeurs de sueur, de foutre et de salle de bains. Avec Tina on a continué à parler, je n'envisageais pas de m'arrêter en si bon chemin. J'ai su que ses parents étaient des immigrés des Balkans, partis bien avant la guerre. Qu'il ne parlait pas anglais quand il était arrivé à dix ans, qu'il terminait des études d'informatique. Légère sueur froide.

— Tu es encore étudiant ?

— Non, j'ai repris des études. J'ai compris assez vite que même si on veut aboutir dans le show, il faut assurer ses arrières. Que je n'allais pas servir dans des bars gay toute ma vie.

Et, de fil en aiguille, il m'en a appris pas mal sur ce monde de la transformation, son monde à lui. Si bien que quand je lui ai posé une question sur Charlene, cela paraissait presque normal, je lui avais dit que je vivais à Perth. J'avais du mal à lire les expressions de son visage dans l'obscurité de la cabine mais j'ai senti un raidissement.

— Pourquoi me parles-tu de Charlene ?

— Tu penses bien qu'à Perth c'était à la une des journaux.

Et puis après un silence :

— Evidemment que je la connaissais. On n'est pas très nombreux dans ce métier. Elle était plutôt dans le genre grande blonde extravagante. Elle en faisait parfois un peu trop, ça ne m'a pas trop étonné.

— Qu'est-ce que tu veux dire ?

— Je ne veux pas dire qu'on s'y attendait. Mais elle touchait à trop de trucs. Elle était souvent shootée. Elle m'a raconté un jour qu'elle avait été rugbyman. Je ne l'ai pas cru mais c'était peut-être vrai après tout. Elle était surtout mytho je crois. Tu sais quoi ?

— Non ?

— Elle avait de mauvaises fréquentations…

Je n'ai pas su si je devais en rire et je n'ai rien répondu. J'ai continué à lui caresser le dos comme je le faisais avec application et sans forcer depuis au moins une demi-heure. Je ne voulais pas avoir l'air trop intéressé mais j'ai fini par lui demander :

— C'est quoi des mauvaises fréquentations ?

— Tu sais, dans ce milieu, la frontière est fragile entre le show, le spectacle, le fun et puis le business, la drogue, la prostitution et les mafias. Jusqu'à présent je ne m'en suis pas trop mal tiré mais ça ne durera pas éternellement. Il y a les tentations, la drogue je te l'ai dit mais aussi toutes sortes de mecs qui tournent autour et qui peuvent parfois être séduisants. C'est sans doute pour cela que je ne fais pas confiance à grand monde dans ma vie privée. J'espère que le jour où je sentirai que je vais basculer, je saurai m'arrêter à temps. Charlene n'avait peur de rien.

— Elle avait quelqu'un dans sa vie ?

— Difficile à dire. Il y avait un ou deux mecs que je voyais souvent tourner autour. Il y avait ce camionneur, Bruce. Je suis certain que c'est lui qui l'entraînait. Mais je ne sais pas vers quoi. Depuis qu'elle est morte à Perth, on ne l'a plus revu au *Newton Hotel*, le gars. Je crois qu'il est un des piliers du *Manacle*, un bar cuir, un peu SM. Mais le *Manacle*, ce n'était pas du tout le genre de Charlene.

Tina avait parlé de tout cela avec beaucoup de simplicité et même de facilité. Après, quand j'ai remonté Oxford Street pour rentrer chez Didier, que la nuit devenait plus dense mais aussi plus tranquille sur le quartier toujours chaud et poisseux, je me disais que Tina n'appartenait pas vraiment à ce monde-là. Qu'elle ou plutôt il – je tenais à ce que ce soit un mec – avait bien autre chose en tête, un objectif, un projet sans doute. Et j'espérais de tout cœur qu'il y parvienne. Nous nous étions séparés à peu près comme nous nous étions rencontrés, sans chichi, sans promesse de se revoir, ni rien. J'avais réussi à lui glisser le numéro de téléphone et l'endroit où j'habitais chez Didier, au cas où. Un numéro facile qu'il pouvait retenir par cœur. Je n'y croyais pas une seconde mais peu importe. Pendant que je me rhabillais pour partir, il est passé près de mon vestiaire alors que je le pensais perdu dans une salle de vapeur et il m'a juste dit en passant :

— Tu sais, ça m'a fait un coup, je l'aimais vraiment bien, Charlene.

Je n'imaginais pas une seconde qu'il allait me rappeler au numéro de Didier, ce en quoi je me trompais encore.

4

LES SURPRISES DE LA PLAGE DE LADY JANE

Maintenant, en plein jour, je n'avais plus qu'à me fondre dans l'ambiance ébouriffante de Sydney à la veille de Noël. Ce que je fis en quittant le loft très caché de Bourke Street où je venais de dormir onze heures d'affilée. Didier habite Surrey Hills, un quartier assez central, plein de collines comme son nom l'indique, tout près de Taylor Square et Oxford Street. Un quartier très mélangé, très bobo, en pleine rénovation. Avant il y avait des petits artisans, des fabriques de cuir et de textile, de la petite bourgeoisie. Aujourd'hui ce sont des lofts et les prix ont flambé.

La chaleur, plus que la fatigue, m'avait sérieusement abruti même si l'appartement de Didier, avec ses chambres en sous-sol, sa climatisation, conservait une température supportable. Mais depuis deux jours le thermomètre stagnait largement au-dessus de trente degrés et le vent ne se levait pas. Cela rendait l'atmosphère épaisse. Je me suis mis à me liquéfier dès que j'ai voulu fumer un de mes cigarillos dans le jardin. Didier n'aurait jamais admis que j'allume mon poison à l'intérieur. Je respectais scrupuleusement la consigne et je balançais mes mégots vite fait dans la poubelle de l'immeuble. Le jardin terrasse est exposé au nord, c'est-à-dire côté soleil dans l'hémisphère sud. Et justement le soleil sortait des nuages qui l'emprisonnaient depuis plusieurs jours et il était très brutal. J'ai essayé de m'abriter sous les ramures de la fougère géante mais cela ne m'a pas empêché de continuer à transpirer toute la bière que j'avais bu la veille. Accablant.

J'ai dû éteindre mon cigarillo et me replier à l'intérieur. J'ai pris une longue douche froide et je suis resté, nu, dans le salon, l'esprit flottant, jusqu'à ce que je remarque le mot que Didier m'avait laissé sur la table. Il était parti se baigner sur une petite plage de la banlieue. Ni une ni deux, j'ai décidé de le rejoindre. Même si je le manquais, j'avais une bonne opportunité de me rafraîchir. La promenade en bus, du centreville à Watson's Bay longe les quartiers résidentiels et chic, bâtis sur les plages de Rosebay et Doublebay. Un régal même dans un bus sans climatisation.

Didier était seul mais la grève était bondée. Elle s'appelle Lady Jane, c'est la dernière plage avant la sortie de la grande baie de Sydney. Il suffit de marcher un quart d'heure après le terminal d'autobus et on trouve cette étroite bande de sable cachée dans les rochers. On peut se mettre à poil. Evidemment il y a beaucoup de gays mais pas seulement. Il y a toutes sortes de gens, souvent un peu bizarres ou déjantés mais toujours souriants. Il n'y a que les enfants qui ne viennent pas là.

— As-tu eu un coup de fil de Tina ?

— Non, pourquoi ? Comment sais-tu que je connais Tina ?

— Je ne sais pas mais quelqu'un t'a appelé sous ce nom. Il où elle, une voix grave en tout cas m'a dit s'appeler ainsi.

— C'est tout ce qu'il t'a dit ?

— Un mec ?

— Oui, enfin non, une drag-queen. Merde, il va sans doute rappeler maintenant et je n'y suis pas !

— C'est grave ? C'est vrai qu'il avait l'air un peu angoissé.

— Angoissé ?

— Je ne suis pas sûr, pressé en tout cas. Il a raccroché très vite.

J'ai senti que mon cœur battait un tout petit peu plus fort et ça me gênait. Tina était juste une étape sur le chemin de mon enquête mais j'avais été touché par sa sincérité au creux de la nuit. Même si je voulais me persuader qu'il était un mec tout ce qu'il y a de plus normal, je savais bien que l'attirance que j'éprouvais pour lui était liée au trouble que j'avais ressenti pour le mélange des genres. C'était la première fois.

La fin d'après-midi fonçait vers la nuit mais pour l'instant le vent avait chassé les nuages et le soleil majestueux donnait à ce moment un éclat singulier. Aucun des baigneurs et des adorateurs de la nature qui lézardaient là, en bordure de la ville, ne donnait l'impression de vouloir rentrer. Beaucoup d'entre eux profitaient d'un peu de temps libre après le boulot.

Les corps étaient souvent tatoués, les sexes soigneusement rasés. Mais plus que la nudité, les cheveux longs et les bijoux donnaient à la scène un côté seventies, *peace and love*. J'ai plongé dans les vagues courtes, j'ai nagé vers le large sans penser aux requins qui s'aventurent parfois à l'entrée de la baie et j'ai fini de cuver ma nuit dans les éclaboussures du Pacifique.

— As-tu vu cette histoire incroyable de David Dwight ?

Revenu sur nos serviettes, nous étions secs depuis longtemps. Je lui en avais dit un peu, pas beaucoup, sur Tina et il m'éclairait sur beaucoup d'autres aspects de la vie gay de Sydney. J'ai répondu machinalement parce que depuis un bon moment mon regard était irrésistiblement attiré par un couple magnifique, dans le bel âge, la trentaine. Autant le type dégageait de la force contrôlée, autant la fille, qui restait allongée sur le ventre, semblait fragile à l'image de ses petits seins nus qu'elle laissait voir par intermittence. Elle était très bronzée et avait sans doute du sang asiatique. Didier continuait :

— David Dwight était un des responsables d'Act Up Sydney. Mais il était beaucoup plus que cela. Il avait été sportif de haut niveau. Rugbyman, aux portes de l'équipe d'Australie. Je crois même qu'il avait joué lors de tests internationaux. Il n'était pas une star à l'époque parce que le rugby à treize est beaucoup plus populaire que le quinze qu'il jouait. Mais il a été un des premiers athlètes à faire son *coming out*.

— Ça s'est passé quand ?

— Quatre ou cinq ans.

— Et quel est le problème ?

— Il avait disparu depuis deux ans. Et on vient de retrouver son cadavre au pied d'une montagne du Queensland.

— Assassiné ?

— Déformation professionnelle ! Le monde n'est pas fait que de criminels, même en Australie. Une histoire très australienne d'ailleurs car ici il y a beaucoup de disparitions inexpliquées. Pendant deux ans David Dwight avait été dans ce cas. Les médias s'interrogeaient régulièrement depuis tout ce temps. Toutes les hypothèses avaient été envisagées. Assassinat comme tu l'as pensé trop vite, fuite à l'étranger, séquestration, vengeance de l'extrême droite homophobe. Aujourd'hui on sait ce qui lui est arrivé.

— Et ?

— Dwight était un type assez étrange, respecté dans le milieu gay. Je l'avais croisé à l'époque dans des bars ou des night-clubs. Beau mec, rugbyman quoi. Mais il a dû quitter le rugby et pas seulement à cause de l'âge, il avait à peine trente ans. A cause de son *coming out* qui n'était pas passé dans ce milieu prétendument tolérant mais en réalité très macho. Après, il s'était passionné pour l'escalade. Pas la montagne, pas tout à fait, il faisait de la grimpe à mains nues. Quand il en avait marre de se dévouer à la cause, il partait tout seul dans des endroits souvent déserts. Par exemple lors de sa dernière ascension sur des falaises dans le Queensland. Il aurait pu se passer toutes sortes de choses puisque jusque-là on n'avait jamais retrouvé son corps.

— Et en fait ?

— Eh bien son cadavre ou plutôt ce qu'il en restait, on l'a trouvé au pied d'un à-pic de deux cents mètres. Un endroit où personne ne passe jamais. Il ne restait que les débris de ses vêtements sur les os et son portefeuille. L'argent y était au centime près. Personne n'était simplement passé par là. C'est aussi cela l'Australie.

J'écoutais Didier distraitement. Je n'avais même pas remarqué cette histoire dans les journaux. Le couple de trentenaires pleins de vie et de sensualité captait toujours mon attention.

— Quand ?

— On a retrouvé le corps la semaine dernière.

Encore une période où je devais me laisser flotter dans une hébétude déconnectée, sinon l'histoire m'aurait intéressé. La fille avançait maintenant son visage vers son compagnon pour lui murmurer quelques mots à l'oreille. Puis elle reposait sa tête sur le torse large et poilu du garçon. Son visage avait des traits fins qu'un léger maquillage soulignait. Elle bougeait avec la grâce d'une danseuse balinaise. Le contraste entre leurs deux natures était si fort qu'il en devenait harmonieux. Je me suis retourné vers Didier.

— Tu crois qu'il est mort tout de suite ?

— La chute était sûrement mortelle. Il aurait pu rester là des années. Mais son père remuait ciel et terre depuis le début pour retrouver David. C'est comme ça qu'on a tout su de sa vie. Curieusement, ce fermier du Queensland se démenait pour qu'on parle de son fils, même de ses activités dans le milieu gay. David devenait sans le savoir une référence. On racontait son *coming out*, un des premiers dans le milieu du sport. Le père ne se montrait jamais, refusait les interviews mais se débrouillait pour faire toujours parler de son fils. Il inventait des scénarios et les refilait aux journalistes pour les périodes creuses de l'actualité. C'était même devenu une plaisanterie dans le milieu gay et le milieu des journalistes. En réalité, il avait raison et tort à la fois. Son fils avait bien eu un accident. Mais on l'aurait sans doute retrouvé de la même manière s'il n'avait pas fait autant de barouf. Ce sont d'autres randonneurs qui ont découvert la dépouille.

— Pourquoi partait-il seul ?

— Je ne sais pas. Je crois simplement qu'il aimait cela. Le genre à toujours trouver de nouveaux défis et à les relever. En escalade comme dans le reste.

Le silence s'était de nouveau installé entre nous, seulement rompu par le bruit lancinant des vagues courtes qui s'acharnaient sur le sable blond.

— J'ai l'impression que ça ne te passionne pas cette histoire, je me trompe ?

— Disons que ce ne sont pas mes préoccupations actuelles.

— Je te montrerai sa photo, tu verras, il était vraiment beau mec.

Je suis retourné me baigner, Didier m'a suivi. Le soir de Sydney était d'une douceur insistante. Le soleil tombait tout droit, il n'était pas loin de huit heures, pas de crépuscule. Personne sur la plage ne donnait l'impression de vouloir céder sa place. J'ai failli pousser une exclamation quand je suis revenu à nos serviettes. Le couple de trentenaires était toujours là, plus sensuel que jamais. Mais la princesse balinaise s'était enfin soulevée du paréo multicolore sur lequel elle s'était langoureusement allongée à plat ventre. On distinguait maintenant, en haut de ses cuisses, sous une toison sombre aux poils lisses, une bite et des couilles tout à fait bien formées, même si elles étaient de petite taille. Didier a vu la même chose que moi, au même moment. Nous avons juste échangé un clin d'œil complice et évité de manifester une surprise trop visible car nous étions à côté d'eux. Cette surprise m'a troublé plus que je ne l'aurais voulu. Je n'ai pas pu m'empêcher de penser à Tina. J'avais beau me dire que ma drag-queen musclée n'avait pas grand-chose à voir avec la poupée asiatique allongée près de moi, je sentais bien que dans un cas comme dans l'autre, ma curiosité et mon émotion, peut-être même mon désir, étaient finalement d'une même nature, d'une même ambiguïté.

Il faisait nuit quand nous avons regagné la voiture de Didier. Il m'a emmené dîner dans un restaurant français de Victoria Street, tout près de Taylor Square. La clientèle était jeune et plutôt branchée. Les odeurs d'ail ont fini par me faire oublier ma perplexité.

5

LE *MANACLE*

J'ai donc ce soir-là plongé dans la mêlée ébouriffante de Sydney. La ville surchauffée, le bus dans les encombrements, la plage surbookée avec ses créatures étranges et le *french dinner* au milieu des Sydneysiders bobos, même le pot à la terrasse bruyante de l'ex-*109*, tout cela n'était rien encore comparé à la frénésie du *Manacle*, l'ancien *Barrack's* où j'ai fini la soirée.

Didier m'avait promis de m'y emmener. Il m'avait dit que si j'avais une chance de tomber sur un camionneur cuir ou quelque chose qui y ressemble, ce ne pouvait être que là. Didier est un parfait caméléon. Non qu'il manque de caractère avec sa belle trentaine finissante, sa silhouette mince, sa fine moustache, toujours habillé à la mode comme tous les gays qui se respectent, mais quelle mode ? Résultat, il pouvait se faufiler partout, dans tous les lieux et tous les milieux, il n'était jamais décalé. Il ne laissait que l'empreinte de son sourire. Après le dîner, nous avons pris un pot sur une terrasse. Une manière de passer le temps en attendant que le *Manacle* fasse le plein, ça se passe la nuit là-bas. Mais je dois mentionner l'épisode de la terrasse parce qu'à un moment donné nous y avons rencontré Tina. Et je ne crois pas que c'était fortuit.

En remontant Oxford Street, après une promenade digestive dans les rues en pleine transformation de Darlinghurst, j'avais consciemment dirigé nos pas vers l'ex-*109*, au carrefour de Taylor Square. Je savais depuis la veille que Tina y faisait des remplacements comme serveur. Pas ce soir et une fois assis, une fois nos boissons commandées, café et thé – la bière attendrait le *Manacle* – j'ai fini par oublier mon copain showman, ma drag-queen de la nuit précédente. Une autre drag-queen nous a servis. Mais à part la coiffure bouclée couleur carotte, elle avait de la peine à réussir son personnage. Je pouvais parier que sa carrière serait éphémère.

Tina a surgi juste après, comme par enchantement, entre nous deux. Un moment nous étions seuls à notre table, Didier et moi, au milieu de la foule très mélangée des consommateurs. L'instant d'après, Tina était là, debout entre nous deux, une apparition. Il a posé un baiser léger sur mon front et aussitôt embrassé Didier comme s'il l'avait toujours connu. Ce qui n'était pas le cas, Didier me l'a confirmé après.

— Il faut que je te voie.

— Quand ?

— Quand tu veux, demain, le plus vite possible.

Impératif. Tina – je ne lui connaissais que ce nom-là – n'avait pas gardé grand-chose de sa fausse féminité de la veille. Comme s'il avait décidé de la gommer complètement. Plus la moindre trace de maquillage, le visage sévère, un jean pas trop serré pour une fois et même une chemise Hugo Boss un peu large qui ne mettait en valeur ni ses muscles ni la souplesse de ses épaules.

— Maintenant, si tu veux, assieds-toi.

— Non, j'ai plein de choses en train…

— Tu chantes ce soir ?

— Pas ce soir. Mais tu t'intéressais bien à Charlene ?

Je m'étais cru plus naturel quand j'avais évoqué le sujet la nuit dernière. J'avais fait mon job au mieux, dans la discrétion. Je perdais la main.

— Oui, c'est une histoire intrigante…

— Tsst… Tsst… j'ai bien senti. De toute façon j'en saurai plus demain. Rendez-vous ici pour un café en début d'après-midi. Bisous les garçons.

Un dernier baiser sur sa main qu'il agitait en soufflant dessus et puis, sans même que nous nous en soyons rendu compte, il avait disparu dans la nuit chaude, côté Anzac Parade. Je l'avais trouvé excité et tendu mais en réalité il devait toujours être comme ça, sur la brèche, à faire son numéro, à faire son trou dans le milieu pour commencer. Pour commencer quoi ? C'est une autre histoire. Le chemin qu'il voulait emprunter était semé de grosses embûches, voire de barrières infranchissables. J'avais envie de demander à Didier son impression sur l'état du garçon mais j'ai renoncé, craignant qu'il pense que je m'intéressais trop à lui.

Du *109* au *Manacle*, il n'y a que quelques maisons. Nous étions bien en période de fête, avant Noël, quand les gays font monter la sauce. Il était minuit passé et les rues étaient plus bondées qu'en milieu de journée. Nous avons croisé un mec en cuir avec un collier autour du cou et des bracelets cloutés sur les bras. Il n'était pas le seul dans ce cas. Sa particularité était qu'il portait des chaps, ces espèces de jambes-tabliers de cuir comme en portaient les cowboys dans les films d'Hollywood des années 1950. Pour cela non plus il n'était pas le seul mais lui, il ne portait pas de jeans en dessous. Pas de slip non plus, juste les chaps. J'écarquillais les yeux, je n'arrivais pas à le croire, Didier rigolait. Le gars se promenait en plein cœur de la ville, au carrefour le plus fréquenté avec les fesses complètement à l'air. Même pas un string. Ses attributs étaient juste cachés par l'entrejambe du tablier en cuir. Nous n'avons eu qu'à le suivre pour trouver la porte du *Manacle*.

L'air vibrait de musique électronique et d'odeurs de poppers. Le sol était parsemé de sciure comme dans les saloons américains. Tous n'avaient pas les fesses à l'air, loin de là, mais c'était chaud partout. Même Didier avec sa tenue neutre paraissait décalé. Avec mon pantalon beige, n'en parlons pas. Ma casquette rouge et ma chemise brune, genre militaire, donnaient le change.

Une mêlée. Je me demandais bien ce que j'allais pouvoir trouver au milieu de cet agglomérat compact de mâles saturés de bière et d'ecstasy. Quelques-uns dansaient ou plutôt se frottaient les uns contre les autres sur la piste minuscule où des lumières stroboscopiques tentaient d'animer la demi-pénombre. Le rythme haletant de la musique – mi-house, mi-techno – exacerbait les pulsions des corps en sueur. Nous avons commandé des bières. Didier a retrouvé des potes. J'essayais d'observer mais j'avais du mal à cause de l'uniformité. La moyenne d'âge était plus élevée que je ne pensais, près de quarante, facile. Jeans un peu sales, tee-shirts humides de transpiration. La tête a commencé à me tourner.

J'ai voulu aller pisser aux toilettes mais j'ai eu un mal fou à me soulager. Toutes les cabines étaient occupées. En réalité, il n'y avait que deux cabines mais deux paires de jambes aux pantalons baissés dans chacune. Quant à l'urinoir, il était à moitié occupé par un barbu aux larges épaules qui me tournait le dos. Il se faisait sucer en reniflant son flacon de poppers par un chauve bedonnant, agenouillé à même le sol. Je ne m'étais pas senti aussi embarrassé dans un lieu gay depuis longtemps et je n'ai pas pu vider complètement ma vessie.

En retrouvant Didier, j'ai compris qu'il ne m'avait pas accompagné pour rien. Il avait réussi, en bavardant avec une ou deux de ses connaissances, à glaner quelques renseignements. Il avait carrément demandé à quelqu'un s'il connaissait un camionneur prénommé Bruce et ce quelqu'un lui en a indiqué un autre, juste indiqué. Quelqu'un n'a pas voulu en dire plus, quelqu'un s'est éclipsé. L'autre aussi. Bref tout le monde le connaissait mais personne ne voulait le reconnaître.

Dans le genre brute, difficile de faire mieux. Mastoc, d'une épaisseur plus grasse que musclée. Bruce aussi était vêtu de l'inévitable jean et d'une grosse ceinture qu'il bouclait sous son ventre dont le tee-shirt trop court laissait voir la pâleur un peu velue. Cheveux presque rasés, tirant sur le roux et un nez épaté qui lui donnait une figure de cochon.

J'ai tenté de l'approcher, lui et son groupe, mais la foule était trop dense. Son jean était troué aux genoux et à la pliure de la braguette laissant voir la trame du tissu. Laissant surtout voir à ses potes qu'il ne portait rien en dessous. De ce côté-là il exhibait un fort renflement et la trace d'un *cockring* qui lui gonflait la queue. De toute façon, même si je m'étais approché, je n'aurais rien saisi de la conversation sous les résonances des batteries hystériques et des délires électroniques. Tout le monde se parlait ou plutôt se criait à l'oreille, ce qui donnait l'occasion de se frotter la barbe. Didier m'a dit qu'un des mecs de la bande était un flic. Rien ne prouvait qu'il était gay lui aussi mais il y avait de fortes chances. Son uniforme n'était pas celui de la police mais celui du *Manacle*. Il avait une série d'anneaux tatoués sur le bras, comme en portent les Kanaks en Nouvelle-Calédonie. Pourtant il était blanc et blond comme beaucoup d'autres. Dans cette boîte, il n'y avait pas beaucoup de métissage. Ni pour les races, ni pour les pratiques sexuelles, ni même pour l'âge. Une sorte d'uniformité.

Le plus surprenant était d'avoir trouvé Bruce, le camionneur, là, tranquille au milieu de ses *mates*, de ses copains. Comme si de rien n'était, comme si les nouvelles ne leur arrivaient pas de l'Ouest australien, comme si sa copine Charlene n'avait pas été assassinée dans les dunes de Perth. Je me suis promis d'appeler Ange pour lui demander si la police de Nouvelle-Galles-du-Sud avait bien enquêté un minimum. J'étais sûr de la réponse. Cela m'a carrément énervé. En plus la tête me tournait avec ces odeurs de désir brut. J'ai dit à Didier qu'on allait se tirer, que ce n'était vraiment pas ma tasse de thé et que je n'avais rien de plus à apprendre.

Heureusement qu'il était là, j'aurais raté la seule info vraiment intéressante de la soirée. Il fallait regarder de plus près leur tenue. Je n'avais rien vu parce qu'ils me semblaient tous pareils, débardeurs, bretelles, accessoires de cuir, cheveux rasés, barbe naissante, jeans ou jambes à l'air dans des shorts à poches comme on en portait il y a dix ans. Ça se tripotait partout évidemment, derrière le billard, au bar, dans les couloirs qui partaient aux toilettes et même devant les baffles qui soufflaient une musique à broyer les tympans. Je dois être carrément vieux jeu. Et toujours l'odeur amère de sueur et d'acide qui couvrait largement celle de mon cigarillo. Sans doute le seul endroit, dans tout Sydney, où je pouvais me permettre de l'allumer en toute impunité.

Deux tee-shirts. Fond blanc sale comme la plupart des autres. Mais deux inscriptions identiques dessus. Rien de très original, rien de très provocateur. Pas drôle non plus comme cet autre qui proclamait en lettres blanches sur fond noir : *"I'm not gay but my boyfriend is."* Juste deux écussons identiques. Les insignes d'un club de rugby. Didier, lui, l'avait remarqué. Il m'a dit qu'il s'agissait de l'un des plus vieux clubs de Sydney qui avait connu son heure de gloire mais qui maintenant se battait pour rester en première division. L'un des deux tee-shirts était porté par Bruce. L'autre par un clone du groupe. Un type blond, plus élancé, avec des lunettes. Peut-être le policier dont parlait Didier. Mais je n'ai pas eu le temps de voir une nouvelle fois ses tatouages aux bras. Ils avaient tous les deux de nouveau disparu dans la foule.

Quand nous sommes sortis, l'air de Sydney était redevenu poisseux. Comme si le vent, en s'arrêtant, avait dispersé sur la ville une brume chaude. Mais il n'y avait pas de brume, seulement le chaud. Cela faisait quand même le plus grand bien d'être dehors. Il était déjà deux heures du matin.

Il y a trois heures de décalage entre Perth et Sydney. En rentrant à l'appartement de Bourke Street, j'ai tenté le coup, j'ai appelé Ange. Il ne dormait pas encore et il m'a juré qu'il n'avait jamais entendu parler de copains de Charlene dans les milieux cuir ou SM. Ni de copains tout court. La police fédérale n'avait, à sa connaissance, interrogé personne.

6

LE CLUB DE KENSINGTON

Ainsi je me retrouvais fort dépourvu lorsque l'aube fut venue. J'avais mal dormi, pas assez, en transpirant de la bière. J'avais l'impression que mon corps rejetait les odeurs du *Manacle*. Mes draps étaient humides et entortillés. Didier était déjà parti quand j'ai émergé au rez-de-chaussée. Je savais qu'il avait un vol programmé, un long-courrier vers l'Europe et que je ne le verrais pas de sitôt. Il ne m'avait même pas laissé un mot. Il m'avait expliqué son programme et donné ses recommandations cette nuit en rentrant. J'avais tout oublié.

Il était déjà dix heures.

J'ai écouté la radio dans un état flottant. Plus pour me tenir éveillé qu'autre chose. Et dans ma torpeur je me raccrochais aux barbaries quotidiennes : l'Irak déchiré par la guerre civile, le plongeon d'un mec ivre avec sa voiture depuis le grand pont de Darling Harbour – le type s'en était, paraît-il, sorti indemne –, le double jeu israélien dans les territoires palestiniens, un cadavre retrouvé cette nuit dans le jardin botanique près de l'opéra *(shocking !)* et un record du monde en athlétisme au triple saut. Le mélange habituel des petites et grandes misères du monde que je tenais à distance. Ce matin plus que jamais.

Je tournais en rond. J'ai fumé un cigarillo dans le jardin en buvant un expresso. J'ai regardé les lézards courir sur le tronc de la fougère géante. Ma récolte était bien maigre. J'avais vu le fameux Bruce – enfin, fameux dans la bouche du seul Tina – et puis quoi ? J'avais en tête le mot rugby et deux tee-shirts identiques sur deux piliers du *Manacle*. Pas grand-chose mais déjà un début.

Une heure plus tard j'étais dans le bus qui mène à Kensington et à son club de rugby. Kensington est une banlieue neutre de Sydney après le Centenial Park et l'université, en descendant vers le sud. Le club de rugby est un peu plus loin en bordure de la ville, à la frontière de banlieues plus populaires. Kensington n'est ni chic ni pauvre. Un quartier assez plat avec beaucoup de pavillons middle class. J'y étais déjà venu autrefois pour son sauna, le KKK, considéré comme le meilleur de la ville. Il est confortable et luxueux mais fréquenté surtout par des gravures de mode bodybuildées, des surfeurs sans les vagues. Personne ne m'avait même regardé.

Au club de rugby, après avoir marché des kilomètres dans des rues diablement ensoleillées, le long de villas accablantes de monotonie et de mauvais goût, j'ai été accueilli avec une politesse surannée. Je me suis présenté comme d'habitude avec ma fausse carte de presse parfaitement à jour. J'ai dit que je faisais un article de fond sur la tradition du rugby dans plusieurs villes australiennes. Que je travaillais pour un journal français, intitulé *L'Equipe*. Le secrétaire du club le connaissait très bien et j'ai regretté d'avoir été si précis mais il y avait peu de chances qu'il cherche confirmation de mon enquête en appelant à l'autre bout du monde.

Il m'a tout de même posé une batterie de questions très pointues et quand j'eus passé l'examen avec brio, il a commencé à sourire et m'a proposé une visite et éventuellement ses services. Je lui ai expliqué que je m'intéressais plus aux archives, aux vieux trophées, à l'histoire du club. Il portait un pantalon en lin beige et un blazer bleu marine avec l'écusson du club, celui-là même que j'avais vu imprimé sur des tee-shirts de camionneurs, la nuit dernière, dans un endroit beaucoup moins feutré. J'ai accepté la visite parce qu'il m'avait promis qu'après il me laisserait fouiller dans la bibliothèque. C'était un monsieur âgé, disons du troisième âge, avec moustache et élégance. Son accent de plouc australien, avec des expressions typiques et des mots avalés, contrastait avec son allure ostensiblement *british*. Pas d'opinion, pas trop de commentaires. Son rôle, face aux médias, était rodé depuis des décennies.

La seule chose qui m'importait, au-delà des explications attendues sur les titres du club à une autre époque, sur la réussite dans les affaires publiques de certains joueurs et la bonne tenue du public de Kensington – au moment où d'autres supporters commençaient à faire des dégâts dans le rugby à XV –

était qu'il me laisse travailler à la bibliothèque. Nous avons chacun rempli notre contrat, il a parlé longtemps et j'ai écouté longtemps. Et à la fin il m'a conduit où je voulais. Il est seulement resté pour m'expliquer l'utilisation des ouvrages.

Il s'agissait d'un fumoir plus que d'une bibliothèque avec de gros fauteuils en cuir, des lampes d'opaline vert pâle, des photos jaunies au mur. De mêlées, de tentatives d'essais, de coups d'envoi prestigieux. J'ai tout de suite compris que la gloire du club avait cessé dans les années 1980, que le club stagnait depuis. Manque de moyens et perte de renommée. Il y avait dans un coin la réplique de la coupe d'Australie gagnée en 1968. De cette gloire-là, le club gardait les traces mais plus les moyens. Depuis, il restait tapi dans sa retraite feutrée, ranimant la flamme pour d'autres générations et lorgnant avec dépit du côté des clubs nouveaux riches du bord de la baie sponsorisés par la bière Foster's ou la diététique McDonald.

Cela ne m'intéressait pas. Ce que je cherchais se trouvait dans les archives plus neuves, celles des dix dernières années. J'ai parcouru les livres récents. Les visages étaient très jeunes, plus métissés d'ailleurs, il y avait même quelques Asiatiques. Et puis j'ai commencé à remonter en arrière, année après année. Et j'ai fini par tomber sur ce que je souhaitais, la tête de cochon. Bruce le camionneur. Qui s'appelait bien Bruce d'ailleurs, Bruce O'Brien. Il était plus propre sur la photo mais c'était bien lui. Il avait été pilier, au cœur de la mêlée. Mais il n'était resté qu'une année. Sa gueule n'était pas plus amène que le souvenir que j'en gardais et les commentaires étaient courts. Il avait fait partie de l'équipe, point. L'année précédente il y avait la photo d'un autre pilier, l'année suivante Bruce n'y était déjà plus.

J'ai ainsi zappé d'une année à l'autre pendant plus d'une demi-heure m'attardant sur quelques nez tordus par les coups, quelques crânes couturés. Ils avaient tous les cheveux courts avant même que les gays et les skinheads récupèrent cette mode-là. Un peu par hasard, je me suis arrêté sur l'un ou sur l'autre dont le visage ou la carrière m'intriguait. Par exemple un demi d'ouverture nommé Chris Connely. D'abord le nom me plaisait. Ensuite sa carrière était bizarre et la notice assez longue. Il avait joué dans plusieurs clubs avant de venir à Kensington. Notamment l'équipe phare de Sydney dans ces années-là, une de celles qui prospéraient grâce à McDo ou à la bière Foster's. Et puis il était venu à Kensington. Ses stats de la première année étaient brillantes et elles étaient soulignées par un record. Beaucoup d'essais, c'est vrai qu'il jouait à un poste propice à cela. La deuxième année, il se baladait aux lignes arrière, il avait dû perdre son poste, les stats était moins bonnes, la notice beaucoup plus courte. Et l'année suivante rien, il était parti, semble-t-il. Il avait les cheveux moins courts que les autres, un visage très fin, élégant et il me rappelait quelque chose mais je n'arrivais pas à savoir quoi. En tout cas, lors de son passage à Kensington il était sur la pente déclinante.

J'ai continué à feuilleter ces légendes de photos, ces statistiques, ces cicatrices et ces visages qui avaient le tort de trop se ressembler. J'ai fait d'autres découvertes. Cette fois c'est le nom qui a fait tilt. Je ne connaissais pas son visage et je n'avais pas vu les photos des journaux, alors de toute façon il ne m'aurait rien rappelé. Il s'appelait David Dwight et de lui on pouvait vraiment parler au passé. Il avait été entraîneur adjoint au cours de ces mêmes années après avoir été un joueur brillant dont on rappelait brièvement le palmarès. Il avait dû commencer l'escalade à ce moment-là, pendant qu'il était le coach de Kensington. Je trouvais bizarre que Didier m'en ait justement parlé hier. Mais c'était bizarre aussi que ses os intacts aient été retrouvés tout récemment, il y a plusieurs jours ou trois semaines. Bizarre aussi qu'il ait disparu de cette manière.

Une autre découverte, plus attendue celle-là, le flic d'hier soir, John Smith-Wilson. Hier soir c'était bien lui qui arborait l'écusson du Kensington Club. Il portait déjà des lunettes sur la photo officielle. Le regard préoccupé, pas franc du collier, tourné déjà vers autre chose. Mais là, c'est moi qui interprète, je me faisais mon cinéma. En tout cas il était bien, lui aussi, dans l'annuaire.

Et puis c'est venu enfin. Ma mémoire a dû se reconnecter, cliquer au bon endroit. Petite accélération cardiaque, je ne peux pas dire satisfaction parce que c'est tout de même d'une affaire criminelle qu'il s'agit, mais j'ai senti que je tapais dans le mille. Le visage vaguement familier, le brun aux traits fins, le demi d'ouverture sur le déclin, Chris Connely. Oui, j'en étais presque sûr même si je n'avais pas sur moi les photos que m'avait laissées Ange en m'envoyant à Sydney. Sur les photos de la police on voyait surtout le maquillage grotesque, le crâne rasé sous la perruque, les lèvres trop chargées de rouge. Mais je savais bien qu'il s'agissait d'un mec, déguisé en drag-queen, surnommée ou rebaptisée Charlene par elle-même. Que le travesti assassiné dans les dunes et le demi d'ouverture en fin de carrière pendant son passage rapide au club de Kensington n'était qu'une seule et même personne. Le joueur de rugby sur le déclin qui s'appelait encore Chris Connely avait simplement dix ans de moins que Charlene Parker.

En partant, je me suis efforcé de poser quelques questions au commodore en flanelle. Il voulait savoir si j'avais trouvé ce que je cherchais, si je n'allais pas trop égratigner son club, si je n'allais pas souligner le déclin après les années de succès. J'avais pris le temps d'étudier le palmarès à la loupe pour ne pas me louper. Je lui ai demandé si, dix ans auparavant, le club n'avait pas pensé remonter la pente car j'avais noté quelques belles victoires sur des clubs beaucoup plus huppés.

— On y a cru, en effet. Nous avions engagé plusieurs joueurs de niveau international. Au début ça a marché, nous étions cinquièmes en première ligue à mi-saison. Et puis c'est retombé.

— Pourquoi ?

— Peut-être qu'il ne fallait pas péter plus haut que son cul… Nous sommes seulement un club formateur. Beaucoup de jeunes champions passent chez nous…

Je ne l'écoutais déjà plus, il reprenait son discours rodé et lénifiant. J'ai seulement noté qu'à un moment donné il m'a fait remarquer :

— Les bons joueurs en question étaient déjà un peu trop âgés. Ils pensaient surtout à l'après-rugby. Ils avaient bien d'autres choses en tête.

D'autres choses en tête ? *Isn't it ?*

Du coup, j'étais très en avance quand je suis revenu à Taylor Square et au *109* – je continuais à l'appeler le *109* car je n'aimais pas son nouveau nom – où je devais retrouver Tina. Il n'était pas de service aujourd'hui, je le savais, et j'ai dû attendre. Je me suis installé sous un parasol, côté ombre. Il n'y avait pas grand monde, trop chaud, même à l'abri. J'ai siroté des jus de fruits et j'ai fini par commander un sandwich. Mes découvertes de la matinée me donnaient de l'appétit. J'étais sidéré qu'Ange n'ait pas été capable de me donner la véritable identité de Charlene. Sans doute parce que personne n'avait rien réclamé, ce qui est triste, et que personne ne voulait rien chercher sur elle, ce qui est carrément homophobe. La patate chaude que tout le monde se refile comme un ballon de rugby. Quelque chose comme ça. L'image me convenait et je présumais que les flics fédéraux où ceux de Sydney n'avaient même pas mis en route la moindre enquête.

Je me demandais dans quelle tenue Tina allait apparaître. Je feuilletais le *Sydney Herald* mais une fois encore rien n'accrochait ma curiosité. Il n'y avait plus aucune info sur l'alpiniste maladroit David Dwight, il avait dû être à la une quinze jours plus tôt et maintenant, fini, oublié. Personne n'en parlait plus et n'en parlerait sans doute plus jamais. La dure loi de la presse plus que la dure loi du sport. Je me demandais surtout si j'allais faire part de mes découvertes à Tina. Je voulais savoir ce qu'il avait appris de son côté sur Charlene. Et ce qu'il savait dont il ne m'avait pas parlé la veille. Il m'avait mis involontairement sur la piste en me disant que Charlene affirmait dans ses moments d'oubli qu'elle avait pratiqué le rugby. Grâce à cela je venais de m'attarder sur des photos de jeunes mâles, champions de sport. Et j'avais découvert la vraie identité de la drag-queen des dunes de Perth.

J'aurais pu me demander tout cela longtemps. D'ailleurs en arrivant au *109*, très en avance, la pensée que Tina allait me poser un lapin m'avait légèrement effleuré. Et puis dans la chaleur assourdissante du carrefour, perdu dans mes pensées rugbystiques et criminelles, j'avais oublié. Je ne songeais qu'à mon enquête et à la manière dont Tina allait encore la faire progresser. Si bien que j'ai commandé un autre sandwich, j'ai lu d'autres journaux sans impatience, simplement importuné par la lourdeur de ce début d'après-midi. Et j'ai attendu.

J'ai attendu encore jusqu'à quatre heures au moins. Mais Tina n'est jamais venu.

7

SYMBOLES ET ICÔNES

Le corps était affalé sur la chaise de Mrs McQuarie dans une pose exagérément provocatrice. Les premières lueurs de l'aube, les couleurs sombres de ce promontoire sur la baie, sa robe claire et pailletée, retroussée jusqu'en haut des cuisses, donnaient à la scène une irréalité théâtrale. Une patrouille l'avait trouvé sur les indications d'un coup de fil anonyme. D'un promeneur matinal effrayé ? D'amoureux clandestins dérangés ? Mais qui passe à cette heure-là au bout du jardin tropical ?

Les flics n'avaient pas eu besoin de retrousser encore la jupe pour confirmer qu'il s'agissait bien d'une drag-queen. Elle portait sur elle tout son travestissement : la perruque frisée qui s'était décollée à cause de la violence portée, les boucles d'oreilles dorées, le collier plaqué or avec de fausses émeraudes, les bracelets qui ne tintinnabuleraient plus, le soutien-gorge rembourré pour compenser la platitude du torse, tout était là. Le maquillage aussi mais il avait pris une tournure affreuse car le rimmel se mélangeait avec le sang et les lèvres rouge carmin avaient éclaté sous la brutalité des coups portés à la tête. Une vingtaine de coups de poing, le meurtrier s'était acharné comme s'il avait voulu démolir non seulement les attributs les plus visibles du travesti mais aussi son identité même dont le visage attestait encore le trucage.

Ils l'avaient trouvé dans un drôle de lieu. Le chemin qui borde le jardin tropical était connu pour être, à l'occasion, un lieu de drague gay et même de prostitution. Un lieu évité depuis de nombreuses années en raison des rondes fréquentes d'une police de plus en plus répressive. La chaise de Mrs McQuarie surplombe le chemin et regarde la mer à une rangée de docks de l'opéra, vers le large. Elle doit son nom à la femme d'un gouverneur qui aimait s'asseoir là et méditer devant l'une des plus belles baies de la planète. La chaise, sculptée dans la roche, est restée comme le symbole du regard paternaliste et dominateur que les Britanniques portent encore parfois sur le monde et ses étrangetés. Le symbole de la femme qui attend aussi.

Fallait-il y voir une signification, un message ? La police faisait déjà le rapprochement avec le meurtre de Charlene à l'autre bout du pays. Deux dragqueens en si peu de temps, cela posait des questions. C'est tout cela que venait de me dire Ange au téléphone. Je l'avais joint de nouveau pour m'étonner de la lenteur de l'enquête sur le travesti rugbyman à Perth et j'étais maintenant assommé, abasourdi. La nouvelle m'avait coupé les jambes, j'avais été obligé de m'asseoir dans le canapé tant mes genoux s'étaient mis à trembler.

Ce matin, les flics l'avaient reconnu tout de suite. Tina était populaire dans le monde ambigu de la nuit à Sydney. Peut-être qu'il était surveillé. Peut-être même qu'il connaissait certains des policiers personnellement. Mais la police n'avait pas tout de suite révélé publiquement l'identité de la victime. Et ce matin les radios ne parlaient que d'un cadavre non identifié dans le jardin tropical. Je me rappelais que ce désordre si désobligeant dans un parc si ordonné m'avait même fait sourire quand j'avais entendu la nouvelle au flash d'information. *Shocking !*

— Un serial killer ?

— Tu vas vite en besogne, Ashe. Evidemment il y a deux victimes en quelques jours. Mais ça s'est passé dans deux endroits éloignés de plus de trois mille kilomètres, dans les conditions très différentes.

— La violence tout de même, les coups…

— Tu as raison, on n'exclut rien.

J'ai raconté à Ange ce que j'avais découvert, il était stupéfié. Et furieux. Il avait raison de dire qu'une vieille homophobie rampante existait vraiment dans son administration. Personne n'avait bougé le petit doigt pour que l'enquête avance. Il m'a juré qu'il allait s'activer. Je savais aussi que les journalistes, à leur tour, s'empareraient vite du fait divers, établiraient les rapprochements évidents et feraient mousser tout cela. Sans compter le poids que représente la communauté gay dans la capitale de la Nouvelle-Galles-du-Sud, Sydney. La réaction ne pouvait qu'être à la mesure de l'effroi suscité par la cruauté du massacre de Tina.

Une mise en scène qui avait forcément de l'importance. Ne serait-ce que par la signification que les uns et les autres allaient lui accorder. Le lieu aussi. La chaise de Mrs McQuarie est une icône australienne comme les avions des Flying Doctors ou le Vegemite – cette horrible crème au foie de morue inventée après la guerre pour fortifier les petits Australiens. Asseoir sur cette icône le corps meurtri et sans vie d'un travesti extravagant c'était comme piétiner les fleurs du jardin tropical avec un road train de quarante tonnes. C'était briser une des silhouettes de la nouvelle Australie libérale et la poser sans façon sur le siège symbole, le socle d'un pays fondamentalement conservateur. Le terme libéral employé dans son sens anglo-saxon qui est le contraire du sens français. Libéral cela veut dire tolérant jusqu'à faire de *Priscilla, folle du désert* un film culte.

Cela se bousculait dans ma tête alors qu'Ange me donnait d'autres détails plus pénibles les uns que les autres et que dans le même temps – celui très restreint qu'il pouvait m'accorder – je tentais de lui poser maladroitement d'autres questions.

— L'ADN du sperme retrouvé sur Charlene ?

— Rien encore.

— Et de ce côté-là, si je puis dire, est-ce que Tina… ?

— Ça, mon vieux, on n'en sait rien, je ne suis même pas sûr que l'autopsie ait commencé.

Je posais les questions mécaniquement, toujours assis sur le canapé de toile rêche du living de l'appartement de Bourke Street. Je n'arrivais pas à me relever parce que l'émotion que j'essayais d'éloigner en l'interrogeant sur l'autre enquête, revenait sans cesse.

Je repensais à Tina et cela me rendait profondément triste. Je ne peux pas dire que j'y étais déjà attaché, je n'avais passé qu'un bout de nuit avec lui. Mais je repensais à sa douceur, à sa franchise et à sa détermination. Ce qu'il m'avait raconté de sa vie, sa volonté de réussir. Ange m'avait dit qu'il s'appelait en réalité Thomas Prpic, il était bien yougo d'origine. Il n'avait probablement pas été très brillant dans ses études mais il avait décidé de se faire une place, même s'il fallait utiliser les moyens les plus extraordinaires au sens propre. Il rêvait de showbiz. Il se doutait, il me l'avait dit, que le monde de la nuit flirtait de trop près avec celui des trafics, de l'illégalité et parfois du crime. Bien sûr qu'il savait, bien sûr que lui aussi avait parfois passé la frontière en douce, comme il basculait chaque jour d'un sexe à l'autre pour son numéro. J'avais pourtant la conviction que Tina-Thomas était un mec foncièrement honnête et qu'il payait de sa vie fracassée, cette honnêteté même. Enfin c'est ce que je me disais sans en avoir la moindre preuve. Mais deux heures que l'on passe nu, collé contre le corps d'un autre être, sont parfois plus révélatrices que des années d'amitié.

Je me demandais surtout ce qui rapprochait Tina de Charlene hormis la volonté de sortir de leur véritable identité, d'en extirper jusqu'à la vérité de leur sexe ou de leur genre. Au moins d'une façon intermittente. Et je ne voyais pas beaucoup de points communs entre le jeune Yougo ambitieux, décidé à se remuer les fesses au sens propre pour gravir les échelons d'une société plus ou moins homophobe, et ce que je savais de l'ancien rugbyman. C'est-à-dire une fin de carrière difficile et un geste autrement provocateur pour un type un peu connu : passer du symbole absolu de la virilité, le rugby et ses honneurs, à la caricature de la féminité. J'imaginais, chez Charlene, des cassures plus douloureuses. Ce en quoi je me trompais peut-être encore du tout au tout.

J'ai passé la fin de l'après-midi à ruminer et à réfléchir, seul avec mes cigarillos sur la terrasse du loft de Didier. Je n'avais pas envie de bouger, je n'avais pas envie de rester là. Je n'avais personne ce soir pour emmener ma grande carcasse dégingandée à la plage, pour me pousser à plonger dans les vagues douces de la baie de Sydney. Je ne savais plus quoi faire, je ne savais d'ailleurs pas ce que je pouvais encore faire pour Ange qui m'avait laissé en plan avec mes interrogations. Mais je fonctionne comme un moteur Diesel. J'ai parfois du retard à l'allumage, à cause de mon indolence et de ma paresse – grâce à mes moyens financiers aussi, il faut bien le dire – mais quand je suis lancé, il est bien difficile de m'arrêter.

8

SOUS LE TRAIN

Pourtant ils ont bien failli y parvenir ce soir-là, il s'en est fallu de peu.

J'avais attendu encore assez longtemps un message d'Ange qui n'est jamais venu. Je me doutais qu'il avait de nouvelles informations puisque le chef de la police de Nouvelle-Galles-du-Sud donnait une conférence de presse en fin d'après-midi. J'avais d'ailleurs failli m'y rendre mais je m'étais ravisé car j'avais eu peur qu'on découvre ce soir-là mon stratagème de fausse carte de presse, soit à peu près au plus mauvais moment. Et que mon innocente supercherie ne me fasse repérer, ce qui était bien la dernière chose à faire si je voulais être utile.

J'ai compris plus tard, lorsque j'ai entendu les propos de ce fonctionnaire aux infos de la chaîne 7. Le présentateur ouvrait son journal sur cette affaire et comme prévu les journalistes en faisaient des tonnes. Par contraste, les propos lénifiants du haut gradé de la police paraissaient ridicules. Pas une info. Il noyait le poisson dans les eaux de la baie, laissant entendre qu'il s'agissait d'un règlement de comptes dans le milieu de la nuit. Et que le citoyen australien lambda pouvait dormir sur ses deux oreilles. Je n'en croyais pas les miennes et j'étais sûr qu'à l'autre bout du pays, Ange devait bouillir. J'ai préféré partir marcher à travers la ville, pousser sur mes grandes jambes et plonger dans le bouillonnement de Sydney plutôt que d'attendre son coup de fil improbable. J'en ai même oublié mon téléphone portable sur la table de la cuisine, à côté du frigo. Je crois que je l'ai fait exprès, je le fais une fois sur deux.

Je suis passé au large du *109*. La terrasse était pleine et je me demandais ce que pouvaient bien penser des événements de la journée les deux nouvelles drag-queens qui faisaient le service ce soir. Se sentaient-elles menacées ou avaient-elles de bonnes raisons de croire que les meurtres de leurs consœurs relevaient de mobiles strictement personnels ? De toute façon je ne voulais pas m'approcher, j'avais comme un pincement au cœur, c'était là que j'avais vu Tina pour la dernière fois, c'était hier.

Noël approchait et le business du sexe gay devenait chaque jour plus écœurant sur Oxford Street. La foule était dense, très mixte, les hétéros ayant pris l'habitude de venir là comme au spectacle. Il était encore un peu tôt pour apercevoir un animal étrange au cul nu sous les chaps comme j'en avais vu l'avant-veille, mais le public n'était pas déçu. Il y avait sur l'avenue toutes sortes d'espèces, des plus cuirs aux plus cloutés, des plus babas aux plus tatoués. Sur Oxford Street, le monde homo est en représentation. Sydney est une *show off place*, un endroit où l'on se montre. C'est vrai pour tout le monde sur les plages de la côte, de Bondi à Tamarama, c'est encore plus vrai dans les quartiers gay devenus en quelques années des ghettos ouverts comme il y a des zoos ouverts au public. *Business is business* et le profit est maximal pour les sex-shops, les boutiques de vêtements et les magasins spécialisés en objets et rituels érotiques. Ils ne se rendent pas compte que, s'ils amusent beaucoup de gens avec leurs extravagances et leurs défilés colorés, notamment celui du "Mardi gras", ils en braquent beaucoup d'autres.

J'étais morose, je devenais con et j'ai filé près de Hyde Park, dans la nuit, vers le port et Circular Quay. J'ai rôdé dans Chinatown, ouvert la nuit aussi mais beaucoup plus calme. Et, comme je ne suis pas anglo-saxon, je n'aime pas non plus cet autre ghetto, cette autre manière de vivre en communauté, chacun son petit commerce pour gens de la même race ou du même club. De toute façon ce soir je n'aimais rien et j'ai voulu vérifier si une des dernières pissotières de Sydney fonctionnait encore. Elles ont à peu près toutes disparues au moment des jeux Olympiques. A ce moment-là, la ville devait être lisse comme le sport de haut niveau aujourd'hui : pas de drogue, pas de dopage, pas de sexe trop visible… Ces toilettes encombrées avaient été longtemps des lieux de consommation rapide pour les gays de la ville mais aussi pour les hétéros coincés par leurs horaires qui n'avaient pas d'autre moyen de satisfaire quelques menus plaisirs express. J'adorais l'ambiance clandestine de ces endroits, les regards en biais, les manèges exaspérés, le désir dans les yeux de ces hommes de tous âges et de toutes conditions. Et l'inquiétude. Comme si la police allait débarquer à chaque instant. Ce que, dix ans auparavant, elle ne faisait jamais. Bref, de bons souvenirs.

Qui rejoignaient maintenant ma nostalgie, car, bien sûr, cette tasse, derrière Central Station, au pied des collines de Surrey Hills, n'existait plus depuis belle lurette. Le bâtiment était toujours là, muré et tagué, donnant à ce coin de ville, derrière la gare, juste à l'aplomb du pont, un air abandonné. Ou post-moderne.

En m'approchant, parce que je ruminais mes souvenirs et que je m'attristais comme un vieil imbécile, j'ai perdu toute vigilance, cela m'arrive rarement quand je suis sur une enquête. Mais la mort de Tina, au-delà de l'émotion, m'avait comme dessaisi du petit travail qu'Ange m'avait confié. Je n'avais plus rien d'utile à faire et je ne les ai pas entendus venir. J'ai réalisé trop tard, beaucoup trop tard pour leur échapper.

Ils devaient me suivre depuis un bon moment, je ne crois pas qu'ils soient tombés sur moi par hasard dans une rue déserte, chez les Chinois. Ils ont surgi juste au moment où j'allais m'engager sous les voies de chemin de fer, après avoir dépassé la pissotière. Le meilleur endroit pour eux s'il ne passait aucune voiture. Il était plus de minuit. Quand j'ai entendu leur galopade, il était trop tard.

Ils ne m'ont pas tabassé tout de suite. Ils m'ont pour ainsi dire kidnappé avec une grande violence tout de même, parce qu'ils ne voulaient pas que je leur résiste. J'ai hurlé quand un des trois m'a balancé un coup de godasse militaire dans le genou. Je crois bien qu'ils étaient trois mais je n'en suis pas sûr car ils étaient arrivés par-derrière et leur première initiative a été de me couvrir la tête avec un drap épais. Cela m'a rassuré tout de suite. S'ils avaient voulu m'éliminer, ils n'auraient pas pris cette précaution. Donc je me suis débattu pour la forme mais mes cris étaient tout de même réels. Ils m'ont balancé d'autres coups de tatanes et je me suis laissé faire. D'ailleurs l'un des trois m'avait plaqué sa main sur la figure pour m'empêcher de crier. Tirant, soulevant, ils m'ont ainsi porté je ne sais où, mais pas très loin. Leur cavalcade a été couverte par le bruit d'un train interminable qui passait tout à côté. J'étais maintenant plaqué au sol, aveuglé et ils ne parlaient pas, seulement quelques grognements au moment où je m'étais débattu. J'étais allongé face contre terre et le linge qui me recouvrait la tête était suffisamment opaque pour que je ne puisse même pas voir l'herbe râpée sur laquelle j'étais allongé. De toute façon le coin devait être très obscur. Quelque part dans l'ombre du talus de chemin de fer, derrière le bâtiment abandonné de la vespasienne. Cela m'a paru assez long, d'autant qu'ils attendaient que le convoi soit passé pour que j'entende bien ce qu'ils avaient à me dire.

— Tu vas dégager vite fait.

Silence de nouveau. Que pouvais-je leur répondre, immobilisé comme je l'étais ? J'ai grogné, ils ont recommencé à frapper, des coups dans les jambes et dans le ventre. Cela faisait franchement mal mais, fort de l'intuition qu'ils allaient me laisser en vie, je me suis recroquevillé et relaxé le plus possible, tout en feignant de souffrir horriblement.

— Tu te tires, tu ne remets plus les pieds ici. Rentre en Europe.

Le manège a continué, j'avais pourtant bien compris le message même si j'étais bien décidé à ne pas leur obéir. Je ne voyais pas pourquoi une bande de malfrats allait m'obliger à quitter la ville ou même à rentrer dans mon pays. J'ai malheureusement vite compris :

— Si tu n'obéis pas, les flics auront demain, sur leur bureau, des photos de toi et de Tina. La veille et l'avant-veille du crime. Il faudra bien que tu expliques ton emploi du temps la nuit où il a été assassiné.

Là, j'étais abasourdi. Mon cerveau refusait la réalité du piège. Je ne voyais pas encore comment deux ou trois photos de Tina et moi pouvaient m'accuser du meurtre du travesti. Mais j'ai vite compris que, une fois entre les mains de la police, j'aurais bien du mal à justifier ce que j'avais fait cette nuit-là. Le témoignage d'un Didier endormi aux somnifères parce qu'il devait se lever aux aurores pour s'envoler à l'autre bout du monde serait de peu de poids.

Et puis tout s'est arrêté, les coups, les cris, les injonctions. Ne restaient que la douleur et un silence inquiétant. Ils s'étaient enfuis plus délicatement qu'ils ne m'avaient agressé. Je respirais mal sous le drap qu'ils avaient noué autour de ma tête. Mais je respirais et je pouvais aussi me rendre compte que si j'avais les bras attachés derrière le dos, les liens n'étaient pas très solides. J'ai pu m'en défaire en une vingtaine de minutes. Je n'osais pas appeler à l'aide, je ne savais pas s'ils étaient réellement envolés. J'ai commencé à respirer quand j'ai pu enlever le masque malodorant qu'ils m'avaient plaqué sur la figure, une toile sale qu'ils avaient dû trouver par-là. J'étais bien libre et seul dans la pénombre déserte du talus, pas âme qui vive alentour. Je n'arrivais pas encore à me relever, je ne savais pas s'ils ne m'avaient pas cassé un os ou deux. Mon cœur s'est mis à battre encore plus vite quand j'ai compris que j'étais sauf et par une sorte de frayeur rétrospective j'ai éclaté en sanglots. Une trentaine de seconde pas plus mais cela m'a débloqué. Je suis parvenu à me redresser et à marcher quelques pas. J'ai mis une éternité à regagner Surrey Hills. D'autant que le chemin qui y mène, par Foveau Street, n'est qu'une succession de côtes abruptes. Je ne voulais pas non plus me faire remarquer des rares passants. Quand j'en croisais un, je donnais le change en m'appuyant sur un arbre ou sur un mur. Après je recommençais à me traîner en boitant. Heureusement ils n'avaient pas déchiré mes vêtements.

Et ils avaient commis une grosse faute.

Ils n'avaient pas été assez rapides lorsqu'ils m'avaient aveuglé avec le drap. Je n'avais pas pu voir leur visage. Mais mon sens de l'observation est entraîné et il s'était soudain aiguisé pendant les quelques secondes de l'attaque. D'abord j'avais vu des jeans sales et des grosses chaussures Caterpillar sur des jambes trapues. Comme en portaient certains camionneurs la veille au *Manacle*. Et surtout j'avais aperçu brièvement, à la lumière de l'unique lampadaire qui lançait son halo sous le pont de chemin de fer, un tatouage en cercles concentriques sur un bras. Comme le bras de John Smith-Wilson, le flic chargé de surveiller la communauté gay, celui-là même que j'avais aperçu hier dans la boîte. Et qui avait joué autrefois, lui aussi, dans le club de rugby de Kensington.

Rien ne prouvait que ce soit le sien, ce type de tatouages est fréquent chez les gays tendance cuir. Mais quand même.

DEUXIÈME PARTIE

9

PALM BEACH

Ce matin, le soleil a décidé d'être plus doux, il ne tapera pas trop fort à midi et l'air restera sec. Du Pacifique vient un vent régulier qui permet de respirer et d'apprécier la chaleur tonique. J'ai aussitôt pris mes clubs de golf dans le coffre de la Mazda de location et je suis parti jouer sur le petit neuf trous coincé entre les dunes de l'océan et une baie magnifique où, dans l'après-midi et surtout le week-end, défilent à bonne vitesse des voiliers sous spis multicolores. Par moments, parce que la baie doit être profonde à cet endroit-là, les yachts longent le terrain et semblent surgir juste derrière les greens. Je resterais des heures à les regarder passer en tapant un coup de temps en temps. J'avance tranquillement, concentré sur mon jeu, oubliant tout le reste. Parfait pour mieux réfléchir ensuite. C'est le propre du golf de vous permettre de laisser s'apaiser pendant de longs moments les soucis quotidiens. Je ne suis pas dérangé par les autres joueurs, en majorité des retraités qui jouent plus tôt le matin. Quand je bois une bière au club-house, avant de partir sur le terrain, je les écoute attentivement ces gars halés, pétris de courbatures, shootés au Nurofen. Ils évoquent pendant des heures leur arthrose au genou et leurs putts ratés. Ils ne parlent de rien d'autre, surtout pas de leur femme qui les attend à la maison. C'est très reposant, pour eux et pour moi. Ils jouent tôt et terminent au moment où je pars m'entraîner.

Palm Beach est à une cinquantaine de kilomètres de Sydney, vers le nord. L'endroit idéal pour se planquer parce que c'est un cul-de-sac et donc très calme, y compris en week-end. Une sorte de presqu'île qui ferme une baie immense. Si l'on veut remonter plus au nord, vers les stations chic et les plages innombrables, il faut reprendre l'unique route sinueuse et faire tout le tour du bassin. Il n'y a donc que de paisibles seniors et, en fin de semaine, des habitants de Sydney qui ont construit là des villas aux architectures audacieuses, accrochées à la falaise au-dessus de la plage de sable jaune, côté océan. Le matin je vais me baigner dans les rouleaux assassins qui vous attirent au large à une vitesse vertigineuse.

Je m'en méfie plus que des malfrats du *Manacle*. Le premier jour, j'avais plongé naïvement au milieu de l'immense plage en arc de cercle, loin des maisons, vers le bout de la péninsule. Sans réfléchir. Il y avait là une classe d'ados avec leur prof qui faisaient des exercices de sauvetage et j'avais trouvé une bonne occasion de tester mon crawl sous leur protection. Je l'avais vite regretté. J'avais à peine perdu pied et déjà je m'étais senti aspiré vers le large, malgré les gros rouleaux qui semblent capables de ramener au bord n'importe quelle épave. J'avais rebroussé chemin vers la grève mais plus je voulais avancer vers elle, plus je m'éloignais. Les ados étaient maintenant partis au large, filant comme des dauphins et plongeant sous les vagues. Nous ne concourions pas dans la même catégorie. Ils s'étaient éloignés si vite qu'ils ne m'auraient même pas vu si j'avais levé le bras en signe universel de détresse sur ces plages là. J'avais toutefois refusé de céder à la panique, même si je me sentais beaucoup plus mal à l'aise dans ces courants furieux que sous les brutalités maladroites des voyous. Alors j'avais respiré un grand coup et accéléré de toutes mes forces de quadragénaire en fin de carrière, autant que mes grands bras me le permettaient encore. J'avais mis un bon quart d'heure pour retrouver la terre ferme.

Pour toutes ces raisons, la majesté du lieu, la tranquillité du cul-de-sac, les retraités, la plage dangereuse, l'absence de touristes et le golf, Palm Beach est un lieu de repli parfait. Car il s'agit bien d'un repli, d'une défaite piteuse. J'ai cédé à leurs injonctions et je me planque. Quand le lendemain de l'agression, j'avais loué la Mazda blanche et anonyme, je l'avais récupérée au bureau Avis sur Anzac Parade, juste derrière le *Manacle*. J'avais dit bien haut que je partais me promener à mille cinq cents kilomètres de là, au fin fond des montagnes du Queensland. Mais après, après avoir tourné plusieurs fois dans le quartier gay, après m'être montré amoché à la terrasse du *109*, au vu de tous et surtout de tous ceux que je ne connaissais pas mais qui le répéteraient à qui de droit, j'avais filé vers le nord. Après m'être assuré que je n'étais pas suivi, j'avais bifurqué vers la pointe sans issue de Palm Beach où je me cache maintenant depuis trois jours. Je m'habille de longs bermudas de plouc, de tee-shirts à motifs Coca-Cola et de tongs. Je me fonds dans la foule qui d'ailleurs n'existe pas ici. Je nage maintenant entre les drapeaux dans les zones autorisées sous l'œil de lynx des *lifesavers*, ces autres icônes australiennes aux corps musclés, vêtues d'un simple slip bicolore et du bonnet de bain assorti. J'ai même renoncé à mon bob rouge pour ce court laps de temps et je n'ai presque plus mal. J'ai tout le loisir de panser mes blessures avec sur la tête un panama vermillon clair, léger comme un péché véniel.

Sur la plage, je suis obligé de garder mon bermuda car sinon on verrait l'énorme hématome qu'ils m'ont laissé sur la cuisse en souvenir. Finalement je n'ai rien de cassé. J'ai encore mal au dos et le genou qui coince, peu de chose. Soit ils n'ont pas voulu me faire vraiment mal, soit ils s'y sont très mal pris.

Arrivé au trou 5 qui revient au club en longeant la baie, j'ai posé mon sac près du départ et je me suis assis sur le talus. J'avais vu approcher un bateau de soixante pieds, un plan Bruce Farr, toutes voiles dehors, spi compris et j'avais envie de déguster son passage dans le scintillement éblouissant du soleil de l'après-midi. Il a glissé à vingt mètres de moi, à contre-jour, dans un feulement de toiles gonflées, bordées au petit poil. Il est passé sans à-coups, puisqu'à cet endroit abrité par la langue de terre, l'eau est plate. Il a laissé derrière lui un sillage discret. Il avait dû réussir de belles glissades dans les vagues de l'océan. Il rentrait maintenant à son mouillage comme un fauve repu et apaisé. Je commençais juste à l'être moi aussi.

Je suis resté sur le talus. Il n'y avait aucun joueur derrière moi et d'ailleurs ils auraient pu me dépasser autant qu'ils le voulaient. J'étais bien, dans la chaleur du soir et le vent déclinant. J'avais besoin de détendre mon genou et je me posais beaucoup de questions. Comme par exemple de savoir pourquoi ils m'avaient si peu esquinté. Cela aurait été très facile et beaucoup plus efficace pour me convaincre. Peut-être avaient-ils été dérangés.

Je n'avais pas de réponse. Je n'avais pas beaucoup de pistes non plus. Des pistes vers quoi, d'ailleurs ? J'avais tenté de joindre Ange plusieurs fois et à la troisième tentative j'avais compris qu'il me laissait agir seul, qu'il ne me répondrait pas et je n'ai plus insisté. De toute façon il avait mon numéro de portable et tout le loisir de s'en servir. Il ne le faisait pas donc il voulait voir comment j'allais me dépatouiller et ce que je pouvais lui ramener discrètement.

Malheureusement je n'avais plus d'idées. L'impression que les portes que j'avais ouvertes assez vite se refermaient devant moi les unes après les autres. Deux drag-queens assassinées de manière presque identique mais chacune à un bout du continent. L'une face à l'océan Indien, côté ouest, dans des dunes sauvages. L'autre face à l'océan Pacifique, côté est, au cœur même d'une ville parfaitement civilisée. Mais avec la même sauvagerie. J'avais découvert l'identité de l'une et connu l'autre. J'avais dit tout ce que je savais à la police, tout au moins à un de ses représentants, Ange. Mais je ne connaissais pas assez le milieu de la nuit pour comprendre le lien qui pouvait rattacher ces deux crimes. Bien sûr il y avait le rugby mais je ne me voyais pas courir les clubs, écumer les vestiaires, harceler les champions et les joueurs du dimanche, interroger les stars reconverties et les espoirs internationaux. Il fallait donc chercher ailleurs.

J'ai attendu encore trois jours. Mon téléphone portable n'a pas sonné une seule fois.

10

AU-DELÀ DE WAGGA-WAGGA

L'homme qui se tenait en face de moi avait l'air franchement menaçant. Pas seulement l'air d'ailleurs, il avait aussi un fusil. Il était grand et son corps donnait une immédiate impression de puissance, côté bûcheron plutôt qu'athlète à cause du ventre qui débordait du pantalon à bretelles. Sa tête aussi était puissante, des yeux sombres à ce que je pouvais voir de la voiture. Il les fronçait comme s'il voulait me faire peur. Un débardeur d'où apparaissaient une peau rougie et des poils grisonnants dans le cou et sur les épaules. Comme les quelques cheveux longs qui lui restaient. Il avait dû être roux si j'en jugeais à la teinte cuivrée et tachetée de ses bras. Il m'a aboyé dessus d'une façon déplaisante en pointant son arme sur la Mazda dont je n'avais pas du tout l'intention de descendre.

Je me suis dit qu'avec lui il valait mieux tout de suite jouer cartes sur table, ne pas commencer à lui jouer le numéro de la fausse carte de presse. Je me suis lancé et j'ai crié à travers les fenêtres ouvertes de la voiture :

— Je ne viens pas pour vous. Je suis détective privé et j'enquête sur quelqu'un que votre fils a sans doute connu. Vous aussi peut-être… je ne veux pas vous embêter.

La dernière phrase était inutile, c'était à quitte ou double. Soit il acceptait d'engager la conversation, soit il me tirait dessus, au mieux dans les pneus. Et je me voyais mal refaire le chemin inverse avec des pneus crevés et un radiateur percé. J'avais eu trop de mal pour venir.

Depuis trois jours, je n'avais plus cherché à joindre Ange, je savais que ça l'aurait énervé. J'avais compris qu'il me laissait carte blanche, sinon il m'aurait dit de tout arrêter. Il savait bien que je ne flancherais pas. Pendant ce temps j'avais réfléchi aux seules pistes que j'avais hors de Sydney où je n'étais plus *personna grata*. Je n'en avais trouvé qu'une, le père de David Dwight, ce rugbyman reconverti Icare. Enfin, le gars qui avait git le long d'une falaise pendant plus de deux ans, et dont le corps s'était doucement desséché au soleil avec le portefeuille intact dans la poche revolver. J'avais réussi à localiser l'homme qui s'était tant battu pour que son fils ne soit pas complètement oublié. En fouillant sur Internet, j'avais trouvé des interviews et des articles sur lui. Il habitait dans le bush, une grande propriété où il élevait du bétail et chassait le kangourou, à l'intérieur de l'Etat de Nouvelle-Galles-du-Sud. Seul.

Ce matin j'avais donc quitté mon abri de Palm Beach et ses douceurs marines et j'étais parti vers l'ouest après avoir contourné Sydney au large. C'était la route et je n'avais aucune intention de me montrer du côté de Taylor Square. Ensuite une autoroute déserte pendant quatre heures vers Wagga-Wagga où j'avais doublé, de temps en temps, des road trains paresseux qui profitaient de leurs derniers instants de tranquillité avant d'affronter la solitude du désert rouge. Puis une petite route, puis des chemins. Après les choses s'étaient compliquées parce que Robert Dwight vit au milieu de nulle part et à nulle part, il est bien difficile de trouver quelqu'un pour vous indiquer le chemin. Aucune pancarte, aucune inscription. J'y étais allé à l'instinct pendant deux bonnes heures. J'avais bien noté sur Internet un numéro de téléphone qu'il ne branchait probablement plus depuis que le corps de son fils – ou les quelques os qui en restaient – reposait maintenant sous terre.

Obstiné, j'avais fini par trouver d'autres fermes où d'autres fermiers étaient sortis de chez eux avec leur fusil mais ne l'avaient pas braqué sur moi. J'avais compris, chaque fois que j'avais dû ouvrir la fenêtre ou descendre de la Mazda climatisée pour demander mon chemin que personne ne semblait connaître ce Robert-là. S'ils le connaissaient, ils n'avaient pas envie d'établir le moindre contact avec lui. J'avais emprunté des chemins impraticables, passé deux gués, où j'avais failli embourber la voiture. Abîmé les jantes sur les gros cailloux qui jonchent un dernier sentier et enfin abouti au cul-de-sac de sa maison.

Dès que la voiture avait franchi la clôture rouillée, il était immédiatement sorti de chez lui en braquant son fusil sans un mot. Il faisait une chaleur épouvantable au milieu de cette journée d'été. Il y eut alors quelques instants de flottement pendant que Robert Dwight réfléchissait sous sa casquette graisseuse sans baisser le canon. Je voyais distinctement son doigt sur la détente dont heureusement il ne déverrouillait pas le cran de sûreté. Plutôt un cran d'insécurité.

Le type avançait maintenant vers moi. Ce pouvait être pour m'achever à bout portant ou pour discuter sans être obligé de hurler. Il était à mi-chemin de la maison et de l'auto. Une petite habitation aux toits de zinc flanquée de deux grosses citernes sur le côté. La construction paraissait minuscule au milieu de cette immensité de collines blondes déjà grillées au début de la saison chaude. Nous étions fin décembre et il devait être bien difficile de nourrir les vaches. La région souffrait de la sécheresse depuis plusieurs années et les éleveurs étaient obligés d'abattre leurs troupeaux à tour de bras. Cela ne devait pas les rendre plus hospitaliers. Et puis il s'est mis enfin à parler :

— C'est qui le gars que vous cherchez ?

— Je ne le cherche pas, j'enquête sur lui.

— Oui, mais c'est qui ?

— Il s'appelle Chris Connelly.

Il a baissé son fusil pour la première fois sous l'effet de la surprise, j'ai vu que ses yeux s'agrandissaient. De nouveau, quelques secondes de silence et d'observation.

— Et qu'est-ce que vous lui voulez à Chris Connelly ?

— Rien. Je cherche à comprendre, il a été assassiné la semaine dernière.

— Merde, ils vont tous y passer…

— Tous qui ?

Mais cette fois il n'a pas répondu. Il s'est assis sur le muret de pierre qui tente de singer une limite de propriété et il a posé son fusil sur ses genoux. Son silence voulait dire clairement qu'il ne me forçait pas à déguerpir sur-le-champ. Pour le moment. Du coup je suis sorti de la voiture et sans poser d'autres questions, je suis venu m'asseoir aussi sur le muret. Pas trop près de lui, pas trop loin non plus, en face de la voiture. Et puis j'ai regardé au loin et au loin il n'y avait que des ondulations d'herbes brûlées. J'ai allumé un cigarillo en faisant bien attention à ne pas laisser tomber le moindre bout de tabac embrasé. J'ai dit comme ça :

— Putain, quelle chaleur ! Les bêtes doivent souffrir…

— Je ne sais pas si elles souffrent mais elles vont toutes crever. Rien à faire, on doit les abattre ou les vendre. Plus d'eau, plus d'herbe, plus rien. On va tous suivre le même chemin. Et personne ne nous en empêchera puisque personne ne nous aide jamais.

A cet instant, il y eut un grognement derrière nous et je me suis retourné vers la maison. Un peu plus loin, derrière un grillage, un énorme chien brun et noir, un rotweiller je crois, s'était dressé sur ses pattes arrière et exprimait son mécontentement sans aboyer, ce qui faisait encore plus peur. Heureusement, la cage avait l'air solide.

Je rêvais que Robert Dwight m'offre à boire. Une pensée absurde, j'allais bien être obligé de me contenter de la bouteille d'eau tiède qui ballottait depuis ce matin sous le siège de la voiture. En revanche, je ne pouvais plus attendre pour pisser. Je lui ai demandé, en faisant un signe de tête vers le petit édicule à gauche de la maison :

— Je peux ?

Il a seulement bougé la tête lui aussi, je ne sais plus dans quel sens, mais ça voulait dire qu'il ne m'en empêchait pas. Comme la petite cabane des toilettes était complètement séparée de la maison, elle paraissait incongrue, vue de là où nous étions assis, perdue dans l'infini du bush. Une petite construction de planches peintes en bleu, une sorte de maison de nain au milieu d'une savane pour animaux géants qui auraient oublié de venir.

J'y suis entré et j'ai été surpris par la propreté. Ici aussi la sécheresse avait tué jusqu'aux odeurs. Le broc d'eau était plein à côté de la cuvette. J'ai vérifié qu'aucun serpent ne faisait la sieste sous le siège. Il y avait même un rouleau de papier rose. Je suis resté enfermé quelques minutes. La chaleur semblait assourdir les bruits extérieurs, les oiseaux se taisaient et les araignées se reposaient à l'ombre du chambranle. Elles n'ont pas bougé quand je suis entré. J'ai profité de ces minutes de répit pour réfléchir. Après, en me retournant vers la porte pour l'ouvrir, j'ai hésité. S'il avait décidé de m'abattre, je n'avais aucun moyen de me défendre. Il n'aurait aucun mal à cacher mon corps dans les centaines d'hectares perdus de son exploitation. Il aurait peut-être un peu plus de mal à se débarrasser de la voiture, quoique. Je ne lui avais pas dit que j'avais prononcé son nom plusieurs fois dans la journée devant les fermiers. Mais ils habitaient à vingt ou trente kilomètres et ils n'en sauraient jamais rien. Je réfléchissais à tout cela en m'enfermant dans les cabinets mais, là encore, je jouais à quitte ou double. Je lui avais laissé le temps de réagir, de lui faire comprendre que je me mettais à sa merci et qu'il pouvait tirer s'il voulait. Je n'aurais pas agi ainsi s'il avait bu mais il paraissait sobre. Sombre et sobre. J'ai poussé la poignée.

J'ai eu un mouvement de recul. Il s'était approché des toilettes sans que j'entende le moindre frôlement d'herbe dans le silence écrasant. A deux mètres de moi il paraissait encore plus grand et son fusil encore plus menaçant. D'autant que de l'autre main il tenait en laisse le chien effrayant. L'animal ne bougeait pas, soumis à son maître, mais il avait la gueule légèrement entrouverte et ses dents m'ont paru effrayantes. Il bavait. Cette fois Dwight n'a même pas pris le temps d'attendre que je sois complètement sorti. C'est lui qui a aboyé :

— Vous voulez venir avec moi ?

— Venir où ?

— Je vais chasser les kangourous. A l'approche du soir ils vont commencer à sortir. Ces saloperies bouffent l'herbe de mes vaches. Je préfère les tuer avant elles.

— Allons-y.

Je n'avais pas très envie de m'éloigner de la maison et surtout de ma voiture. Mais si je voulais tirer quelque chose de lui, je n'avais pas le choix. Qu'avais-je à perdre, sinon la vie ? J'ai pensé qu'il avait plus envie de me parler que de me tuer. Avant de partir, après que je fus monté dans le 4 x 4, il a détaché le rotweiller pour qu'il garde la ferme.

Cela a pris des heures. Sa propriété alternait entre pâturages et bush mais les pâturages étaient jaunes, grillés, desséchés. Il n'avait pas quitté son fusil, même en conduisant le 4 x 4. Il le tenait juste sur ses genoux, l'arme prête à servir. Avec la conduite à gauche et comme il était droitier, le canon restait vaguement dirigé dans ma direction. Je ne voyais pas s'il avait défait le cran de sûreté. A chaque chaos, je me disais que le coup pouvait partir. Pas lui, il devait avoir l'habitude. Ou il le faisait exprès.

Ça a pris des heures et il ne m'a pas dit trois mots pendant tout ce temps. Sa ferme était interminable, les pâturages n'en constituaient qu'une petite partie. Après nous nous sommes enfoncés dans une forêt inextricable d'eucalyptus, d'arbustes qui n'arrivaient pas à grandir et de black boys plus que centenaires, ces arbres qui ont connu de nombreux feux naturels et qui ressuscitent chaque fois depuis des siècles. Je me gardais bien d'allumer un cigarillo, j'aurais pu embraser toute l'exploitation. Le moteur du 4 x 4 aussi. Cet espace devait être un repère pour les marsupiaux en quête de nourriture. De temps en temps Robert Dwight se tournait vers moi sans un mot avec une lueur d'amusement ou de cruauté dans le regard. Le regard d'un homme meurtri, sûrement dangereux mais pas exalté. Il réfléchissait avant d'agir. Il guettait ses proies mais n'en voyait aucune. Il fallait qu'il tue mais nous n'avions pas aperçu le moindre wallaby depuis deux heures que la voiture tout-terrain brinquebalait sur des chemins à peine carrossables.

Au sortir d'un bois plus épais et plus dense encore que les autres végétations, nous sommes parvenus dans une clairière. Juste un passage comme le creux des reins entre deux fesses arrondies. Une famille n'a pas eu le temps de nous voir, Robert Dwight a tiré avant de leur laisser la moindre chance. Il avait été si vite pour passer son fusil par la fenêtre et faire feu que je n'ai compris qu'au moment de la déflagration. Les kangourous qui n'avaient pas été touchés ont disparu en une demi-seconde en faisant des bonds surnaturels. Au milieu de la clairière il n'y avait qu'une bête abattue, une des plus grandes. Quand il a approché le 4 x 4, j'ai compris qu'il s'agissait de la mère car si le corps de l'animal, cueilli en extension dans une dernière tentative pour s'enfuir, gisait sans vie, quelque chose remuait dans la poche.

Dwight est descendu de la voiture qu'il avait arrêtée juste devant. Il a sorti un couteau à cran d'arrêt. Il s'est approché d'un pas beaucoup plus souple que sa grande carcasse ne le laissait imaginer. Il a écarté l'ouverture de la poche de l'animal et il a plongé sa larme à l'intérieur. Quand il est revenu plus rien ne bougeait.

— Pourquoi avez-vous fait cela, celui-là ne pouvait pas bouffer vos pâturages…

— Il était trop petit. Je n'aime pas voir les animaux souffrir. Si je ne l'avais pas fait, il serait mort de toute façon. Mais de soif, dans trois jours.

Il a fallu encore une bonne demi-heure avant qu'il me parle enfin de ce qui m'intéressait. Nous nous étions assis en haut de la colline qui surplombe la maison, un point de couleurs trop petit dans l'infiniment blond. Il avait laissé son fusil dans la voiture après avoir tué deux autres kangourous à la volée, sans arrêter de rouler. Je me suis décidé.

— Chris Connelly, vous le connaissiez ?

— De nom. Je ne l'ai jamais rencontré.

— Un copain de votre fils ?

— Pas vraiment. Ou plutôt autrefois mais David n'était pas bavard sur autrefois.

— Mais vous avez retenu son nom.

Il n'a pas répondu directement, il m'a demandé :

— Qu'est-ce qu'il foutait Chris Connelly avant de mourir ?

— Du spectacle. Il chantait dans des cabarets. Il se travestissait, des choses comme ça.

— Vous voulez dire que c'était une drag-queen, un pédé ?

— Un homme qui aimait le show, je crois.

— Pourquoi, ça vous choque quand je dis pédé ?

— Ça dépend comment vous le dites…

— Mon fils l'était. J'ai bien le droit de parler de mon fils comme je veux.

Un troupeau de chèvres angora, dont les poils n'avaient pas été tondus m'a sauvé la mise. Je n'avais aucune envie d'entamer une discussion avec M. Dwight sur le politiquement correct. Quand le troupeau que nous avions dérangé en parlant fort, est passé devant nous, j'ai pensé à une illustration de BD fantastique. On ne voyait pas leurs pattes cachées par de longues robes de poils qui se balançaient au rythme de leur fuite. Elles ont disparu très vite dans la première ravine.

— Je n'ai pas le temps de m'en occuper, elles sont devenues sauvages maintenant. La laine angora, ça ne rapporte plus assez. D'ailleurs rien que pour les attraper, il me faudrait des jours et des jours. Je ne sais jamais où elles sont, je les vois rarement. C'est un hasard.

J'ai parié pour un hasard heureux. J'ai laissé passer quelques minutes avant de le bousculer de nouveau. Mais je savais maintenant qu'il était prêt à répondre et que tout ce qu'on pouvait dire au sujet de Chris Connelly, l'intéressait. Il a donc fini par concéder :

— David et Chris étaient en classe ensemble, juste avant l'université.

— Où ?

— A Wagga-Wagga, j'aurais préféré qu'ils y restent.

— Et…

— Ils ne sont pas restés.

— Pourquoi ?

— La vie, sans doute.

— Vous le connaissiez, Chris ?

— De vue, pas plus. Un gamin attachant, très malin, mignon quand il était plus petit.

— Et après ?

— Après, je ne sais pas, vous en savez sûrement plus que moi. Il avait disparu, je ne savais pas du tout ce qu'il était devenu. Il y a longtemps qu'il était drag-queen ?

— Je n'en sais rien, moi non plus.

— Mais vous enquêtez ?

— Je suis payé pour ça. Mais dans la discrétion évidemment. Je ne peux pas en dire plus.

— Evidemment.

Un petit mensonge qui ne coûtait pas bien cher. De toute façon il devait mettre en doute tout ce que je disais. Mais il était curieux. Alors je lui ai lâché quelques infos :

— Il a été assassiné une nuit, dans les dunes à Perth. Et la police n'a aucune piste.

— Un tueur en série ?

— Pourquoi dites-vous ça ?

Il a marqué une hésitation.

— Il y a eu d'autres meurtres ?

— Un autre, en effet.

— Ah ! Vous voyez…

Je ne voyais rien du tout. Je sentais depuis quelques minutes qu'il en avait marre. Il m'a dit que je devrais rentrer, retourner à la civilisation avant la nuit. Je me doutais bien qu'il n'était pas prêt, en plus, à m'offrir l'hospitalité. Je n'avais aucune envie de rester dormir dans sa maison, j'aurais été bien incapable de fermer l'œil. Et je n'avais pas envie non plus que la nuit soit tombée quand j'aurais à rebrousser chemin, à franchir les gués, à éviter les grosses pierres du chemin, à retrouver ma route. Mais j'avais encore des questions à poser.

— Kensington ?

— Quoi, Kensington…

— C'est David qui avait fait venir Chris ?

— De quoi parlez-vous ?

— David était bien entraîneur…

— Evidemment mais il a bifurqué pour l'escalade. Il avait envie de s'élever, voilà tout.

Il s'est mis à rire d'un rire sarcastique. Ce n'était pas le moment de poser des questions sur les escapades de David. Il aurait pu penser que j'étais en fait journaliste et que j'avais trouvé le stratagème du détective pour en savoir plus sur la chute du héros. J'ai quand même insisté :

— David avait engagé son copain d'enfance à Kensington ? Chris était un bon rugbyman, non ?

— Il était déjà fini. David n'en voulait pas, j'en suis sûr mais le staff de Kensington, tous ces types, ça les faisait rêver d'engager des gars connus. David ne voulait pas. Il m'avait dit que la carrière de Chris était derrière lui. David était réglo.

— Vous aimez le rugby ? Vous vous y connaissez bien…

— Oui et je les suivais quand ils jouaient ici, à Wagga.

— Qui, ils ?

— Ils étaient quatre copains, quatre inséparables. Il y avait aussi Bruce et Alan, mais ceux-là je ne les connaissais pas. Des petits cons sans doute. Ils ont disparu eux aussi. En tout cas David ne les voyait plus, il n'en parlait jamais.

— Et le rugby ?

— Je n'y vais plus, c'est tout, Kensington c'était trop loin. Je crois qu'ils se sont fait virer pour une connerie. Je n'en suis pas sûr. Je ne voyais pas beaucoup David,

Et les pédés, c'était pas son truc. J'avais envie de le lui dire. Il n'avait plus son fusil mais il avait son couteau encore sanglant refermé dans sa poche et je ne voulais pas le mettre en colère, surtout pas. J'avais du mal à imaginer que ce vieux mec homophobe, certainement raciste et complètement misanthrope – des caractéristiques qu'on retrouve à l'identique chez beaucoup de ces fermiers de Nouvelle-Galles-du-Sud jusqu'au fin fond du Queensland – ait pu se démener pour son rejeton devenu un symbole de la libération des mœurs et du respect. Qu'il ait remué ciel et terre pour qu'on parle de lui après sa disparition. Qu'il ait même pu simplement parler aux copains de David à Act Up.

Il l'avait fait. Il y avait quelque chose chez ce type qui ne tournait pas rond. De toute façon nous étions arrivés, le soleil n'était pas très loin de l'horizon. Il ne m'a pas offert à boire évidemment. Il m'a déposé devant ma voiture. Point. J'ai avalé une gorgée d'eau tiède de la bouteille plastique que j'avais abritée sous le siège. J'ai attendu d'avoir disparu de sa vue pour allumer mon cigarillo. Je me disais qu'il était parfaitement capable de me tirer dans le dos pendant que je m'éloignais après avoir réussi à savoir ce sur quoi j'enquêtais exactement. Et puis non. Au bout de trente secondes, sans doute l'effet du déplacement de l'air, j'ai senti ce à quoi je n'avais pas prêté attention tout au long de l'après-midi. De la sueur froide dans mon dos.

Après, après avoir franchi les gués dont d'ailleurs je m'étais fait une montagne à l'aller, car ils étaient quasi à sec, après avoir retrouvé mon chemin assez facilement, j'ai commencé à réfléchir. Robert Dwight ne m'avait pas vraiment surpris. Parfaitement conforme à l'image que j'avais de lui précédemment. Il m'avait juste apporté quelques précisions utiles. Car maintenant, avec tout ce que j'avais appris en pianotant sur le clavier au café Internet pendant les heures calmes de Palm Beach, avec tout ce que j'avais noté au club de rugby de Kensington, avec les coups de fil que j'avais passés à Act Up, je pouvais tracer un portrait assez ressemblant de son fils David.

11

D COMME DAVID. VIE ET MORT DE DAVID DWIGHT

De toute cette bande dont je commençais vaguement à apercevoir les contours, David a sans doute été le plus radical. Dans sa manière de quitter les autres, Wagga-Wagga, sa famille et plus tard de quitter le rugby aussi. Une vie de ruptures brusques contrairement aux dérives lentes d'un Chris-Charlene par exemple.

Son physique de rugbyman, il l'avait hérité de son père et sans doute d'une lignée de fermiers dont Robert était l'aboutissement. David avait une belle gueule un peu sévère si j'en juge par les photos et elles sont nombreuses sur Internet. En joueur, en leader de la communauté, dans les manifs où il gardait toujours une certaine tenue malgré l'exubérance ou les pancartes revendicatives. Malgré les déguisements du Mardi gras ou les tenues noires des interventions agressives d'Act Up. Une belle gueule et peu de cheveux comme son père. Mais lui, il les avait tondus très court bien avant la mode.

De son père, il avait hérité l'anatomie, pas les idées. Il ne s'était jamais senti à l'aise avec lui, sa xénophobie, ses idées réactionnaires, son homophobie sûrement, tout ce que cet homme fruste et malin partageait avec les autres fermiers qui engraissaient d'autres troupeaux de bétail. Même si ceux-là s'étaient tous fâchés avec lui les uns après les autres.

C'est tout ça que David avait fui, loin de Wagga-Wagga. Il avait quitté la petite ville universitaire pour ne plus jamais y revenir. Il avait trouvé tout ce qu'il cherchait à Sydney, où il était retourné très vite après une finale et une victoire surprise de leur équipe de Wagga contre un *team* beaucoup plus coté de la banlieue de Melbourne. A Sydney, il avait trouvé les mecs, un certain anonymat et l'oubli de sa vie passée. Première rupture.

Jusqu'à l'université, David n'avait pensé qu'au rugby. C'était sa passion, sa manière d'utiliser sa force et son talent, son intelligence tactique aussi. Rien ne le faisait plus vibrer que le froid piquant des premiers sprints en hiver, les mêlées brutales pleines de coups et de sueur des stages estivaux. Cela lui permettait d'oublier les week-ends à la ferme, les chasses aux kangourous avec les amis de son père, la fausse camaraderie de ces virées entre hommes. Et aussi le trouble persistant qu'il ressentait après avoir partagé les jeux sauvages de ces cow-boys agressifs et vulgaires. Il s'enfermait souvent pour regarder les matches à la télé.

Il aimait le côté sensuel du rugby. Sexuel même tout simplement sans en avoir conscience au début. Il aimait les corps nus des autres sous la douche et bien souvent il devait respirer fort pour ne pas trop bander. D'autant que les plaisanteries érotiques et les enfantines comparaisons de taille étaient de mise dans ces vestiaires-là.

Le sexe, il l'avait trouvé à Sydney très facilement et il y était resté. Son père n'avait plus jamais voulu le voir quand David avait entrepris son *coming out* spectaculaire. Il était alors l'un des piliers les plus prometteurs de l'une des bonnes équipes de Sydney. Et il avait dit tout haut ce que tout le monde, dans le milieu sportif, savait déjà tout bas. Il avait parlé de sa vie. Non pas dans une revue gay confidentielle mais dans la page loisir du *Sydney Herald*, un été où le quotidien avait tracé des portraits de futurs champions.

Robert n'avait pu l'admettre et ils ne s'étaient plus parlé. Le père militait dans les rangs du National Parti, le parti d'extrême droite dirigé à l'époque par la passionaria Pauline Hanson. Deuxième rupture pour David.

La troisième était plus mystérieuse. Avait-il été déçu par le rugby ? Par le milieu peut-être mais pas par le jeu, car ce plaisir, cet engagement-là ne l'avaient pas abandonné. Après son *coming out*, les choses s'étaient dégradées peu à peu même si le politiquement correct avait empêché le moindre reproche. Ses vrais amis rugbymen étaient plus rares, ses percussions moins tranchantes aussi, un manque de confiance dû à la légère distance mise par les dirigeants. Peut-être aussi que cette force brute qui l'habitait dans les packs le dégoûtait un peu parce qu'il l'avait héritée de son père. Il préférait jouir de son corps autrement, dans une sexualité assumée et ceci explique peut-être cela. Il avait aussi découvert l'escalade à mains nues avec des amis. Ce n'était pas la montagne qui lui plaisait mais la grimpe. Une manière d'élever son corps massif au-dessus du commun des mortels, de s'élever aussi à la force des poignets. Et de laisser finalement tomber le rugby comme joueur. D'abord il avait pris une année sabbatique dont il avait profité pour rejoindre les associations. D'aide aux malades du sida, de défense des droits. Sa rigueur, ses compétences en droit qu'il avait choisi de poursuivre l'avaient vite rendu indispensable. Sa petite notoriété acquise en tant que joueur et son *coming out* en avaient fait aussi une figure essentielle pour la communauté. Un personnage.

Qui disparaissait souvent une fois la troisième rupture accomplie, celle avec le rugby. Pendant un temps, il avait repris un poste d'entraîneur au club de Kensington dont les dirigeants étaient toujours séduits par son sens des rapports humains et son sens du jeu aussi. A cette époque, ils avaient engagé Chris-Charlene à l'ouverture et ils misaient beaucoup sur lui. Je n'ai pas réussi à savoir si David avait donné son avis dans cet engagement mais je ne le crois pas. Les deux garçons évoluaient déjà sur des planètes différentes : respectable pour David, provocante pour Chris. Les préférences sexuelles et l'ancienne amitié ne comptaient plus pour grand-chose.

La passion de l'escalade le dévorait de plus en plus. Comme une revanche sur le monde mesquin de Wagga-Wagga et de ses fermiers. Comme une compensation des drames du sida et du combat difficile à

Act Up. Comme un contrepoint au travail d'équipe du Kensington Rugby Club dont il s'était finalement séparé à l'amiable. David partait de plus en plus souvent et de plus en plus seul. Jusqu'à la chute, un soir d'automne, il y a plus de deux ans maintenant.

Au début personne ne s'était vraiment inquiété de la disparition de David. Il n'avait sans doute pas de petit ami attitré à ce moment-là. On s'était habitué à le voir disparaître. Il disait vaguement où il allait. Mais cette fois-là, même s'il avait donné une indication à ses amis, personne ne savait rien de précis. Quinze jours plus tard, on avait retrouvé son pick-up Ford au départ d'un chemin balisé. Les secours avaient parcouru le chemin puis survolé la zone puis quadrillé le secteur. Assez vite sa disparition avait été à la une des journaux, même dans le *Sydney Herald* ou *The Australian*. Et puis comme on ne trouvait rien, le soufflé était retombé. A la fin on parlait même d'une disparition volontaire, d'un départ à l'étranger pour refaire sa vie.

Son père n'y croyait pas et il avait remué ciel et terre pour qu'on n'oublie pas son fils. Par quel mystère ? Par quel instinct paternel chez cet homme qui manifestait si peu de sentiments, de compassion, de pitié à ce que j'avais pu en juger ? Quel orgueil l'avait décidé à défier les médias ? Quel acharnement l'avait poussé ?

Et puis un jour un randonneur, solitaire lui aussi, avait mis fin au suspense. Il avait retrouvé la dépouille de David au fond d'une gorge, dans un cul-de-sac. Et son père n'avait plus envie qu'on le dérange au fond de son exploitation désolée, au milieu de ses bêtes assoiffées. Il avait définitivement refermé la parenthèse.

De toute façon j'étais arrivé moi aussi dans un cul-de-sac. Son père n'avait pas pu ou pas voulu m'aider. David avait connu Chris-Charlene. Ils avaient partagé une sexualité et des secrets. Il savait des choses qui auraient pu me faire comprendre pourquoi on avait assassiné la drag-queen.

Mais David n'existait plus.

12

L'ENTRAÎNEUR

— Non, je ne les ai jamais revus.

— Après l'université ?

— Après la première année. Ils ont été virés et je n'ai pas su avec certitude où ils étaient partis. Bien sûr, après, j'ai eu des nouvelles de certains par les journaux…

— Certains ?

— David et Chris, pas les autres.

— Vous ne savez pas ce qu'ils sont devenus ?

— Ils ont tous disparu d'une manière ou d'une autre comme David, comme Chris.

— David et Chris sont morts.

— Oui, mais les autres, je ne sais pas.

Il était encore sous le coup. Pour David il l'avait appris par les médias, pas pour Chris. J'avais retrouvé à Wagga-Wagga le vieil entraîneur de l'équipe de rugby de l'université. Je n'avais pas eu trop de mal, j'avais téléphoné au club et il m'avait donné rendez-vous. Il préférait parler dans un coin tranquille, loin des oreilles de sa femme. C'est ce que je me suis imaginé quand je l'ai récupéré devant chez lui dans un de ces quartiers interchangeables. Une succession de pavillons, ni modestes ni originaux dans un *private estate* briqué comme un sou neuf. Ces résidences se multiplient à l'infini à l'extérieur de la ville et se ressemblent toutes. Heureusement que le UBD, le plan routier de l'agglomération est précis au millimètre. J'ai fini par localiser sa baraque au coin de George Street et de Victoria Avenue. Ou l'inverse. Elle semblait comme neuve, le gazon avait l'air d'avoir été planté la veille pour un décor et les fleurs auraient pu être en plastique. Rien n'y paraissait vrai, même les voitures faisaient de la figuration. D'ailleurs elles ne circulaient pas et le quartier était désert comme si une bombe à neutrons l'avait paralysé. Quand John Jangtsee était sorti à ma rencontre, j'avais vu sa femme ou sa compagne refermer la porte sécurisée après avoir jeté un regard méfiant dans ma direction. Il n'a pas dit grand-chose jusqu'au bar du club. Là, il m'a fait asseoir dans un coin. D'ailleurs à part le barman, il n'y avait personne. Les étudiants et les profs étaient en vacances.

John était à la retraite et ses yeux bridés confirmaient un nom à consonance asiatique. Il était presque aussi grand que moi, j'aurais parié pour des ancêtres chinois. Il se souvenait très bien des garçons :

— On les appelait la bande des quatre, je ne crois pas que ce soit moi qui ai trouvé ce nom, ce devait être leurs copains…

John a souri à cette évocation, cela ne l'ennuyait pas du tout de parler d'eux.

— Il y avait David le plus sérieux, Chris le plus fou et puis Bruce et Al. Bruce était difficile à connaître, il suivait les autres. Al, plus détaché, regardait déjà ailleurs. Celui-là je suis sûr qu'il serait parti très vite, même si tout cela n'était pas arrivé.

— Tout cela ?

— La victoire dans la coupe universitaire. C'était tellement inattendu. Wagga-Wagga triomphant de toutes les autres universités de la côte est ! Nous n'étions jamais allés plus loin que les huitièmes de finale. Vous pensez, cette année-là on a tapé toutes les formations des banlieues chic. Tous les gosses de riches de Vaucluse à Sydney ou ceux de South Yarra à Melbourne. Et c'était grâce à eux, à eux quatre.

— Qu'est-ce qu'ils avaient de plus ?

— Une assurance et leur mauvaise éducation. On l'oublie trop souvent, le rugby est un sport de voyous. Ou de paysans si vous voulez. De temps en temps c'est très bien de ne rien respecter. David savait très bien le faire. Et puis ces quatre-là, ils avaient du talent tout simplement.

— Vous connaissiez son père ?

Il a hésité une ou deux secondes mais je ne voyais pas bien son visage à contre-jour. La lumière éblouissante de l'après-midi, au-delà de la fenêtre derrière lui, m'en empêchait. J'étais un peu gêné par la solennité du lieu. Il n'y avait pas de quoi, ce club était la réplique de celui de Kensington. Mêmes moulures en bois, mêmes photos jaunies de scènes sportives, mêmes coupes et mêmes fanions ravis de haute lutte. Mêmes étagères vitrées et pétrifiées. Même barman inoccupé qui tentait ici d'écouter quelques bribes de conversation. Cela n'empêchait pas Jangtsee de parler sur le même ton ferme et tranquille. Il avait envie de raconter ces histoires, celles qu'on ne le lui demandait plus jamais et qui avaient pourtant illustré la plus belle partie de sa vie.

— Il est fermier n'est-ce pas ?

— Il s'est démené pour retrouver David.

— J'ai vu ça dans les journaux et à la télé. C'est pourquoi j'ai l'impression de le connaître. Mais non, je ne l'ai jamais rencontré.

— Et la Cup, vous l'avez gagnée ?

— Incroyable, personne ne s'y attendait. Mais tout a tourné court.

— Pourquoi ?

— D'abord la finale a eu lieu juste après le début des vacances. Il n'y avait plus personne sur notre campus pour célébrer l'événement. C'est pour cela que les mômes l'ont arrosé à Sydney et qu'ils ont déconné.

— C'est-à-dire ?

— Imaginez une bande de quinze ou vingt rustauds comme l'étaient ces fils de paysans, laissés libres un soir d'été dans les rues de King's Cross. Ces gars n'étaient pas préparés. Pas vraiment éduqués non plus, ça devait arriver.

— Toute l'équipe ?

— Enfin tous ont fait des bêtises, mais ces quatre-là, c'était plus grave.

— Quoi ?

— La plupart ont terminé au poste. Les quatre avaient fait la fête de leur côté. Ils avaient fait une plus grosse connerie.

— Quelle connerie ?

— Je ne l'ai jamais su. Le proviseur n'a jamais voulu me l'expliquer. D'abord il me tenait en partie responsable. Que voulez-vous que je fasse de toute cette troupe ? Je n'allais pas les attacher. Les quatre ont été virés de l'université et renvoyés chez leurs parents. Je pense que leurs parents ont su. Peut-être pas. Une histoire de boissons et de bagarres sûrement. Et de drogue aussi peut-être. En réalité, la police a décidé d'étouffer l'affaire. Les sportifs sont sacrés dans ce pays, ils sont au-dessus des lois. Surtout quand ils gagnent. Et cette année-là ils avaient gagné.

John Jangtsee était amer et il avait envie de le dire. Il avait réussi avec sa troupe un exploit unique cette année-là. Sa carrière était déjà presque terminée. J'imagine qu'il avait émigré très jeune en Australie et qu'il était parvenu à une position enviable à la fin de sa carrière. Un bon entraîneur sportif est un homme qui compte dans la culture de ce pays. Il est une partie de cette culture et il est chargé de la transmettre. Cette année-là, il avait dressé quinze fauves pour faire mordre la poussière à tous les autres étudiants du pays. Et il y était parvenu. Bien au-delà de ses espérances, lui qu'on surnommait toujours le Chinois. Mais le triomphe avait été gâché parce qu'il n'avait pas su retenir ses fauves lâchés en liberté dans la grande ville pour la troisième mi-temps. Ce type d'affaires, ces histoires de sportifs trop arrogants, trop triomphants, trop bagarreurs ou trop ivres les soirs de victoire sont pourtant fréquentes. Etait-ce parce qu'il était d'origine asiatique qu'on ne le lui avait jamais pardonné ? Ou que cette fois-ci, les fautifs étaient des fils de fermiers sans expérience ? Je n'ai pas osé le lui demander. J'ai biaisé :

— Ils ne vous ont jamais remercié ?

— Qui ?

— Les joueurs.

— Certains sont venus me voir après, plutôt gentiment. Mais la plupart ont préféré tout oublier. Il y avait une gêne terrible à la rentrée. J'ai même eu du mal à constituer l'équipe. Et puis c'est reparti mais, bien sûr, nous sommes retombés en deuxième division universitaire.

— Et les quatre ?

— Non, jamais. Ils n'ont jamais remis les pieds à l'université de Wagga. Je ne leur en veux pas. Ils ont préféré repartir sur d'autres bases.

Il a eu un petit sourire et puis comme il sentait que notre entretien touchait à sa fin, qu'il ne pourrait pas indéfiniment me raconter ses souvenirs, qu'il n'en savait peut-être pas assez sur ce que je cherchais, il s'est décidé :

— Qu'était devenu Chris, qu'est-ce qu'il faisait avant d'être tué ? Je me doute que c'est lui qui vous intéresse…

— Pourquoi pensez-vous cela ?

— Parce qu'il était le plus fou et qu'il avait le sens du théâtre, le sens du drame. Je le crois capable de tout.

Je lui ai raconté ce que je savais sans entrer dans les détails sordides. Et je l'ai observé pendant que je lui racontais l'histoire de Charlene. Il en avait entendu parler mais il n'avait pas fait le rapprochement avec son joueur de l'époque. Je m'étais un peu déplacé vers la fenêtre pour ne plus être ébloui par les reflets sur les vitres. Son visage est resté impassible, il n'a rien trahi de ses sentiments. Mais je suis sûr qu'au fond de lui il était troublé car il a seulement dit :

— Celui-là, c'était celui que je préférais.

13

C COMME CHRIS.
VIE ET MORT DE CHRIS CONNELLY

Chris était le plus imprévisible. D'ailleurs qui aurait pu prévoir qu'un jour il ferait la drag-queen dans les boîtes de nuit de la côte est ? Sûrement pas M. Jangtsee, l'éducateur à la retraite. Personne n'aurait pu prévoir non plus qu'il finirait assassiné dans un coin de dunes sauvages.

Le plus imprévisible et le plus séducteur. Grâce à cela il les avait tous trompés pendant des années. Sa gueule, son sourire et son talent. Son talent était évident et ils voulaient tous l'avoir dans leur équipe. Une fois les ponts coupés avec Wagga-Wagga et le passé, Chris avait fait une carrière sportive éclair et étincelante. Mais, avec lui, on entre aussi dans un monde plus irrationnel, moins palpable, moins identifiable. Celui des coups de folie et les dérapages incontrôlés. Pour finalement aboutir à une longue descente aux enfers.

Il était bien le plus doué pour le sport emblématique de cette race australienne bagarreuse et rude. Sa vitesse de pointe, sa ruse, ses accélérations et ses décrochements inattendus en faisaient un demi d'ouverture brillant et valait tous les passeports, toutes les amnésies, toutes les amnisties. Les équipes professionnelles n'avaient pas eu les scrupules de l'université de Wagga-Wagga et des autres universités qui l'avaient rejeté à cause du scandale étouffé de l'après-match de la Cup. C'est une grande équipe de Melbourne qui a sauté sur l'occasion la première. *Business is business*, il ne fallait pas laisser passer un tel champion. Le laisser se gâcher, ça c'est une autre histoire, personne n'aurait jamais été capable de l'en empêcher.

De la bande des quatre comme l'appelait ironiquement le Chinois, c'est lui qui a réussi la carrière la plus brillante. Une carrière courte à l'aune de ses dispositions étonnantes. Mais s'il était capable de faire gagner son équipe à lui tout seul grâce à sa vitesse d'exécution, ses passes surprises, ses déboulés imprévisibles et ses essais de Martien, il pouvait aussi balancer trois matches de suite pour un mot de trop de l'un de ses partenaires. Son équipe était championne de l'Etat de Victoria. Mais à cause de ses sautes d'humeur, elle n'était jamais devenue championne d'Australie. Tous les joueurs, tous les dirigeants en étaient conscients : ils étaient arrivés presque au sommet grâce aux courses irrésistibles de Chris et à ses essais en quatrième dimension. Mais s'ils n'avaient jamais remporté le titre, c'était à cause de ses velléités, de ses absences et de son laisser-aller incompréhensible.

Il avait même été sélectionné deux fois dans l'équipe nationale. Il s'agissait de tests matches contre les Samoa et contre les All Blacks. Mais à ce moment-là, le poste de demi d'ouverture était solidement tenu par un joueur historique des Wallabies. Pendant ces deux matches décisifs pour sa carrière, Chris était resté sur le banc, on ne lui avait pas donné l'opportunité d'épater la galerie. Et sa chance était passée.

Sa chance, il l'avait laissée filer tout au long d'une courte vie de coups. Coups de gueule, coups d'éclat, coups de chance, coups de folie. Vrais coups qu'il n'hésitait pas à distribuer aussi quand son humeur virait au rouge. Ses équipiers avaient fini par se lasser de se faire casser la gueule sans vraie raison, même s'ils étaient bagarreurs eux aussi. Coups à boire aussi, plus que de raison et de plus en plus souvent au fur et à mesure que sa situation dérivait doucement.

Chris était orphelin, en tout cas il n'avait jamais vraiment connu son père écrasé par un tracteur dans un coin désert du bush, quand le gamin avait trois ans. Sa mère était décédée au moment de son entrée à l'université. Cela explique peut-être ceci.

Son visage s'était durci, aminci, moins poupin. Son caractère aussi sûrement. Il avait coupé ses boucles brunes qui lui donnaient autrefois ce visage d'ange de la Renaissance mais dont certains s'étaient moqués. Les yeux bleus un peu perdus, les paupières épaissies, l'alcool. Un ange noir maintenant.

Et tout le monde s'était lassé de lui. A Melbourne il n'avait pas d'amis. D'ailleurs il n'en avait jamais eu vraiment dans le milieu du rugby. Ni ailleurs, hormis les trois autres de la bande pendant les années qui avaient précédé la coupe universitaire. Sa vie personnelle restait un mystère.

Au moment où il était au faîte de sa carrière, à Melbourne, il avait appris par hasard, au cours d'un cocktail avec des sponsors, qu'Allan, l'un des trois autres, avait une agence de communication dans le building le plus moderne de la ville. Chris n'avait pas décroché son téléphone pour le revoir. De son côté, Allan savait sûrement que son ancien *mate* jouait pour la meilleure équipe de la capitale de l'Etat de Victoria. Il n'avait fait aucun effort lui non plus.

Le corps de Chris restait intact malgré les coups qu'il prenait dans les mêlées et les bagarres de troisième mi-temps. Il ne gardait aucune trace de l'alcool, des stimulants, des folies, des produits dopants ou des virus qu'il chopait à cause de son organisme fragilisé par les excès. Il aimait jouer de ce corps sur le terrain mais aussi dans les nuits troubles des cabarets. Besoin de se perdre dans la vie nocturne, à Saint-Kilda, dans les boîtes les plus branchées et les plus hard des banlieues chic. Son corps que les autres ne possédaient jamais. Il n'avait pas d'amis, juste des relations de la nuit, des travelos, des oiseaux de proie, du sexe et du rock'n'roll. C'est pour cela que ça ne marchait pas dans sa tête. Lui aimait se mettre en scène, imposer son corps mais en tenant toujours le sexe à distance.

Il n'avait pas eu besoin d'envoyer, comme David, une lettre à son président de club. Melbourne ne voulait plus de lui et Sydney le réclamait. Le staff de l'équipe de Kensington ne regardait que les statistiques et les gestes encore brillants sur le terrain. Les jours où Melbourne rencontrait Kensington et que les dirigeants étaient dans les tribunes, Chris retrouvait alors tout son allant, tout son talent. Jouer à Sydney était la seule chose qu'il voulait vraiment. Une attirance pour la capitale du show. Pour Sydney, Chris était prêt à tout, sans bien savoir ce qui l'attendait vraiment là-bas.

Mais le rugby allait bientôt l'abandonner. La période au club de Kensington à Sydney n'avait été, à part les premiers mois, qu'une suite de déceptions pour eux comme pour lui. Elle n'avait d'ailleurs pas duré longtemps. Au bout de quelques mois d'espoirs déçus, Chris avait disparu. Un lâche soulagement dans l'équipe que les folies de son demi d'ouverture rendaient nerveuse. En réalité, entre les blessures, les arrêts maladie et deux contrôles antidopage positifs, il n'avait presque pas joué sur le terrain cette année-là. Même si les dirigeants lui avaient évité des sanctions grâce à leurs relations, tout le monde avait été soulagé quant son contrat était arrivé à son terme. Opération blanche, hormis pour l'argent qu'ils lui avaient généreusement donné.

D'ailleurs, à l'époque les milieux sportifs se réveillaient et commençaient à lutter contre la gangrène du dopage. Si le rugby voulait rester à un niveau décent dans le panthéon du sport australien, s'il voulait surtout ne pas se faire montrer du doigt par les autres rugbys, le XIII et le footy, il devait commencer à balayer devant sa porte. Ce qu'il fit. Fini les troisièmes mi-temps trop arrosées et les piqûres d'amphètes directement dans les vestiaires avant les matches. Fini la gonflette artificielle et les stimulants après le stade. Et surtout exit les joueurs, qu'ils soient piliers ou demi d'ouverture, trop ouverts sur l'extérieur, comme Chris. Ils l'avaient donc expulsé aussi sèchement qu'un ballon ovale hors de la mêlée. Et Chris avait disparu, englouti dans la nuit de Sydney.

Il n'avait plus de famille, pas d'attaches, il avait donc disparu sans laisser de traces. Aucun de ses anciens coéquipiers, aucun dirigeant, aucun ancien ami comme David ne l'avait revu. D'abord à cause de l'éloignement géographique car Chris était parti quelque temps à l'étranger. Et ensuite parce qu'il avait tout simplement changé d'apparence. Il ne s'était pas contenté d'enfiler robes et perruques. Il avait modifié radicalement son physique par de douloureuses opérations de chirurgie esthétique en Thaïlande. Ces deux facteurs combinés expliquent peut-être que les flics aient mis tant de temps à identifier Charlene. Pourtant il restait ses yeux. Et si son visage s'était aminci et ses lèvres s'étaient gonflées, je l'avais reconnu tout de suite sur les annuaires du club de Kensington à cause de cette ineffaçable moue boudeuse et de son regard allumé.

Tous ces gens avaient une excuse car Chris s'était vraiment évaporé, dissous dans le monde. Il s'était enfui. Il avait erré en Australie et surtout en Asie, dans des pays où, avec l'argent qui lui restait de sa gloire passée, il pouvait vivre plusieurs siècles sans souci matériel.

Son errance. L'Asie, les cliniques douteuses, le strass et les paillettes des cabarets interlopes. L'Asie comme une mue et des années plus tard un retour à Sydney dans l'anonymat le plus complet. C'est ce qu'il voulait, ce que l'argent de sa carrière avortée lui avait permis d'acquérir. La gloire l'avait renvoyé à sa fragilité qu'il avait tout simplement zappée en changeant de peau. Mais s'il avait renoncé à se détruire lui-même, quelqu'un d'autre avait fini par le faire à sa place.

Il s'était passé peu de temps entre son retour en Australie sur la scène des shows et sa mort dans les dunes de Perth. Si cette période avait duré plus de quelques mois, il est probable que quelqu'un aurait fini par établir un lien entre le rugbyman doué et le travesti caricaturant des stars de la chanson. Entre Chris et Charlene. Entre le jeune homme violent à la personnalité limite et le showman amateur de musique. Le nom qu'il s'était trouvé pour ses faux papiers d'identité obtenus en fraude, Charles "Charlene" Parker, était un hommage au jazzman presque homonyme. Apaisé, il était devenu une drag-queen qui appréciait l'art, la musique, la beauté des corps et qui gardait envers et contre tout la nostalgie du rugby.

En réalité tout ce processus s'était déroulé assez lentement, aussi lentement que la dérive qui l'avait entraîné dans les entrailles de la nuit, de sa nuit. Charlene avait réussi à trouver peu à peu sa vraie personnalité et cela rendait difficile à comprendre qu'elle ait dû affronter d'autres démons, et qu'elle ait fini par en mourir. Mais qui pouvait comprendre Chris-Charlene ? Qui pouvait saisir la complexité d'un homme qui avait choisi en toute conscience de transgresser les limites de son identité, de franchir en fraude cette frontière ambiguë.

C'est peut-être à cause de ce besoin de se reconquérir lui-même qu'il avait accepté, juste avant sa mort, de participer à une émission de téléréalité. Cela s'appelait *I've Changed My Life*. Le programme devait passer l'année suivante sur la chaîne Seven. Mais c'est peut-être à cause de cela aussi que Chris Connelly avait fini par rencontrer son destin.

14

LA PRODUCTRICE

Judy Lemming m'avait pris par surprise. Peu après mon retour de Wagga, alors que je me creusais la tête pour explorer de nouvelles pistes, alors que je continuais à ronger indéfiniment mon os jusqu'à la moelle – et Dieu sait que l'os devenait petit – mon téléphone portable avait sonné. Je ne le laissais allumé que pour les appels d'Ange qui ne venaient jamais. J'avais même renoncé à lui parler puisqu'il ne me répondait pas. J'avais résumé dans un mail succinct les découvertes récentes et les culs-de-sac où cela m'avait conduit. Je ruminais.

Et mon portable avait sonné. Je l'avais regardé bizarrement, sur la table de nuit de ma chambre d'hôtel. Le numéro qu'il affichait m'était inconnu mais il venait de la circonscription de Sydney et j'avais fini par décrocher.

— Judy Lemming, vous êtes bien Ashe ?

— Sans doute.

— J'aimerais vous rencontrer.

— A quel sujet ?

— Je vous expliquerais, c'est une histoire compliquée.

— Mais vous faites quoi ?

— Je suis productrice de télé. Je travaille pour Seven et je monte des émissions nouvelles.

— Et je vous intéresse ? Je n'ai aucune envie de passer à la télé.

— Moi j'ai envie de bavarder avec vous.

— De quoi ?

— Si je vous dis Charles Parker, cela vous tente ?

— J'ai besoin d'un peu de réflexion. Et je ne suis pas à Sydney, ce n'est pas très facile pour venir me retrouver.

— Vous êtes toujours à Palm Beach, n'est-ce pas ?

J'étais estomaqué, comment pouvait-elle le savoir ? J'ai failli raccrocher mais elle avait dès le début prononcé le seul nom qui pouvait me pousser à poursuivre la conversation.

— Ben oui, je suis à Palm Beach…

— Alors j'arrive. Disons à quatre heures au bar du club de golf.

Elle a raccroché sur un *ciao* plein de charme et de rouerie. Miss Lemming m'intriguait.

Mes pensées alors que je marchais le long de la plage jaune de Palm Beach à peine rafraîchie par un vent franc et massif venu du Pacifique.

D'abord Ange veillait toujours sur moi. Je ne sais pas vers où il m'embarquait mais il était toujours derrière cette affaire. Qui d'autre aurait pu donner mon numéro de portable à Judy ? Je l'appelais déjà Judy comme si nous étions intimes ce qui était loin d'être le cas. Mais c'est la télé, le rapport direct, le copinage immédiat. D'ailleurs elle m'avait appelé par mon prénom.

Ensuite j'ai imaginé que miss Lemming avait beaucoup d'atouts pour réussir dans ce milieu à commencer par le culot. Elle était productrice, pas journaliste et je devinais le genre d'émission dont elle s'occupait avec le peu qu'elle m'en avait dit. De celles qui étalent au grand jour la vie privée des gens. Je n'avais que mépris pour ces indiscrétions hertziennes, même si les victimes sont consentantes. Elles ne savent pas qu'elles ne se remettront jamais de leur passage dans la lumière trop crue de la notoriété la plus injuste. J'avais décidé d'être désagréable au possible et de lui soutirer tout ce qu'elle pouvait m'apprendre sans rien lui donner en échange.

Elle m'attendait sans la moindre impatience sous le regard curieux des golfeurs seniors. Dans ce genre de club, on vient entre hommes. Les rares femmes sont accompagnées ou en groupe de filles. Judy, qui n'avait pas trente ans, portait une jupe très courte qui dévoilait de longues jambes dorées. Le tee-shirt blanc était un peu juste, surtout côté nombril mais aucun des retraités aux yeux exorbités n'aurait osé protester. Elle souriait du haut de son tabouret de bar. Ils étaient pétrifiés.

Elle n'était pas vraiment belle à cause de traits un peu épais, de cheveux en bataille et d'une connivence immédiate, presque vulgaire. Elle s'était installée sur la terrasse au-dessus des greens déserts. J'étais agacé qu'elle soit arrivée avant moi alors qu'il était quatre heures pétantes. Elle m'a aussitôt désarmé, elle a tourné la tête et elle a dit sans hésitation :

— Ashe ?

— Et si ce n'était pas moi ?

— Si, bien sûr, le bob rouge.

— OK, un à zéro pour vous.

Ainsi donc Ange veillait bien sur moi et m'envoyait même des relations. Il avait forcément lu mon mémo expédié par Internet. Et il comptait que je continue. Je n'allais pas m'en priver.

— Parlez-moi de votre émission, avant toute chose.

— Un show de téléréalité. Prévu sur quatre semaines, quatre soirs d'émission qui doivent être diffusés à la fin de cette année ou au début de l'année prochaine. Ce sera du direct avec des extraits filmés pendant la semaine. Pour préserver le secret, les participants devront vivre ensemble ce temps-là. Mais rassurez-vous, ils ne seront pas filmés tout le temps, on laisse le mystère et l'imagination imprégner leurs relations. On ne les verra que par intermittence.

— Vous avez des scrupules ?

Ironique et un peu vif. Judy m'a aussitôt décoché son sourire le plus ravageur.

— Vous doutiez que je puisse en avoir ? Vous vous trompez. Vous ne me faites pas confiance et c'est dommage. Moi oui, alors que je n'ai aucune garantie, sinon celle que m'a donnée le commissaire Cattrioni, de Perth. Et je peux vous livrer l'histoire sans rien omettre. A vous de voir.

— OK deux à zéro. Pardonnez-moi, on continue. Où est l'originalité du concept ?

— Ce qui nous intéresse dans l'émission ce ne sont pas les rapports réciproques des "invités" de la maison. En tout cas ça ne nous intéresse pas en premier lieu. Le plus important, c'est la manière dont ils racontent leur vie. Aussi, et c'est la seule petite tricherie, il y a parmi eux un faux professeur qui est un vrai psychologue. Il orientera la discussion. Toutes les personnes présentes dans l'émission…

— Elle a déjà été diffusée ?

— Non, c'est une idée nouvelle qui s'appelle *I Have Changed My Life*. Ce sera la première saison. J'espère qu'ensuite il y en aura d'autres mais le profil des "invités" est très particulier et ils sont difficiles à dénicher. Toutes ces personnes doivent avoir radicalement changé de vie. Par exemple nous avons un contorsionniste chinois qui travaille dans un cirque et qui fait un numéro exceptionnel. Avant il était professeur d'université à Melbourne. Aucun de ses élèves ne sait ce qu'il est devenu. Ils doivent croire qu'il est retourné en Chine. Vous imaginez leur surprise, on ira les interroger. Une autre est une nonne qui a quitté les ordres et qui vit maintenant avec un chauffeur routier. Elle l'accompagne pendant ses traversées du désert.

Je commençais à voir où miss Lemming voulait en venir. La plupart des golfeurs avaient quitté le bar après avoir enfilé deux ou trois pintes. J'ai senti quelques regards envieux. Les pelouses se figeaient doucement sous le soleil déclinant. Tout paraissait d'autant plus immobile que le vent s'était calmé et que les bateaux revenaient paresseusement dans la baie en longeant le terrain, poussés par les derniers souffles mollissant. Elle m'a encore bluffé :

— Vous croyez que je pourrais être responsable de la mort de Charles Parker ?

— Pourquoi l'appelez-vous Charles Parker ?

— Comment voudriez-vous que je l'appelle ?

— Charlene par exemple, elle était drag-queen quand même. Ou Chris Connelly, son vrai nom.

— Oui, je savais tout cela. Je n'étais pas sûr que vous aussi. Et c'est toujours sous le nom de Charles Parker que je l'ai rencontré pour préparer cette émission. C'est comme cela qu'il s'annonçait toujours au téléphone. Je voulais absolument qu'il y participe.

A ce stade, j'avais marqué un premier point puisque j'en savais plus qu'elle. Mais je n'ai pas osé lui dire que je revenais au score. Ensuite je m'apercevais que Judy avait une âme. Et des scrupules finalement. Je ne sais pas ce qui pouvait l'arrêter dans la vie mais la mort d'un de ses ex-candidats la préoccupait.

— Qu'est-ce qu'ils vont gagner, je veux dire, tous les concurrents ?

— Ne vous moquez pas, ce n'est pas un concours. Il y a un peu d'argent en jeu mais l'essentiel ira à des associations.

— Alors comment faites-vous pour les convaincre ?

— Je pense que ces gens ont besoin de parler.

— Ils parlent déjà avec vous avant, n'est-ce pas ?

— Bien sûr. Nous ne sélectionnerons que des gens qui ont des choses exemplaires à raconter. La thérapie du public.

— Et que vous a raconté Charlene de si exemplaire ?

Judy était devenue presque sévère, je n'y croyais pas un instant. Cherchait-elle une absolution ? Tout dépendait de ce que lui avait raconté le rugbyman drag-queen. Allait-elle me dire toute la vérité ? Sans lui laisser le temps de répondre j'ai choisi des chemins détournés :

— Comment êtes-vous arrivée jusqu'à moi ?

— La question serait plutôt pourquoi, non ? En fait, je suis dépositaire d'une sorte de secret. En outre Charles Parker ne sera plus dans l'émission, et pour cause. Alors en quoi cela me concerne-t-il ? Je trouve juste ignoble qu'il ait été assassiné. J'ai téléphoné à Perth, je me doutais que la police de là-bas avait plus à cœur de résoudre le mystère de sa mort. Je ne suis pas trop fan des flics d'ici, ils en voient de toutes les couleurs, ils sont blasés et sans doute plus corrompus. Ange Cattrioni m'a aiguillé vers vous mais sans me dire pourquoi. Juste que vous étiez capable d'être discret.

Nous étions seuls dans le bar maintenant et Judy Lemming était prise par son sujet. Elle ne faisait plus attention à la manière de croiser ou de décroiser ses jambes ou d'afficher son sourire le plus convaincant. Elle profitait juste de la terrasse où nous avions fini par sortir pour qu'elle puisse fumer nerveusement ses cigarettes. A deux reprises j'ai vu qu'elle tremblait, j'ai allumé un cigarillo, histoire d'indiquer que nous avions du temps devant nous.

— Comment avez-vous rencontré Charlene pour la première fois ?

— Je m'intéressais depuis longtemps aux drag-queens. Pas seulement pour l'émission, c'est un monde fascinant…

— Qui peut aussi fasciner le téléspectateur !

— Aussi. J'avais envie de les comprendre. Comment décide-t-on de se travestir ? Pourquoi ? J'ai déjà réalisé un documentaire sur elles ou sur eux si vous préférez.

— Cela ne vous a jamais effrayé ? Ce monde, les gays ?

— Cela ne m'effrayait pas de vous rencontrer…

Elle l'a dit en souriant et je savais dorénavant que j'allais continuer à l'écouter. Ambitieuse, sexy, lesbienne peut-être aussi, ce qui expliquerait son intérêt pour ce monde-là mais je ne me sentais pas le cœur de lui poser directement la question. Mais sérieuse dans sa manière de travailler.

— Ainsi donc vous avez fini par rencontrer Charlene.

— Un peu par hasard. Au début, évidemment, je ne savais pas toute son histoire.

— Qu'est-ce qu'il vous a raconté ?

— Son histoire, justement. D'abord j'ai pensé qu'il était complètement mytho. Je ne l'ai pas cru, je dois le reconnaître, quand il m'a dit qu'il avait pratiqué le rugby à un haut niveau. Je n'avais aucun moyen de vérifier et il ne m'a révélé son vrai nom que la dernière fois que je l'ai vu.

— Et à ce moment-là vous avez pensé que vous aviez déniché le candidat parfait pour votre show. Une ancienne star du rugby devenu travelo ! Bingo !

— Ne soyez pas moqueur, je ne l'ai su que lors de notre dernière rencontre quand il m'a dit son vrai nom. Je n'aurais pas pu le reconnaître auparavant, je ne suis pas une fan de sport. J'avais aussi appris à l'apprécier tout au long de nos conversations. C'était quelqu'un d'attachant, de cultivé, le jazz, la peinture, ces trucs. Il avait beaucoup voyagé aussi.

— Alors, qu'est-ce qu'il vous a dit ?

— La première chose, ce que personne ne sait, c'est qu'il devait participer à mon émission, il avait dit oui ce jour-là. Enfin en principe. Y a-t-il eu une fuite ? Est-ce pour cela qu'il est mort ? Je n'arrive pas à le croire.

— Mais, sait-on jamais, n'est-ce pas ?

— En tout cas nous nous rencontrions toujours dans des endroits anonymes. Ces jours-là, il venait habillé en mec et dans des tenues très passe-partout. Par ailleurs, je ne présente pas l'émission, je ne fais pas d'antenne, je ne suis pas connue. Seven veut lancer un jeune animateur sur ce programme. Peu importe, je n'étais pas connue, personne ne pouvait me reconnaître et nous changions quand même de lieu à chaque rencontre. On s'est vu la première fois dans Centenial Park, sur la terrasse du café près de la fontaine. Il tenait absolument à jouer l'imprévu, comme si on se parlait là par hasard. Je trouvais qu'il en faisait trop.

— Il se sentait traqué ?

— Peut-être mais je n'en ai jamais eu l'impression et je ne voyais pas du tout la nécessité de tous ces manèges. Je préférais qu'on mange un morceau ensemble, je voyais bien qu'il se détendait pendant le repas. Alors je choisissais des endroits neutres, un peu à l'écart de l'agitation et des médias de Sydney. Le restaurant de fruits de mer de Watson's Bay ou un sandwich en face de la plage à Balmoral, des trucs comme ça. J'ai l'impression qu'il avait confiance en moi mais ça a été assez long. Au début il s'est contenté de parler de sa vie de drag-queen. Il a senti que je connaissais le sujet. Les stars du milieu, Mitzy Macintosh, Claire de Lune, Polly Petrie. Les fringues, les perruques, les faux diamants, la chirurgie esthétique et les paillettes. Et les boutiques où elles se fournissent. Nous évitions bien sûr tout les à-côtés, la drogue, les cliniques de désintoxication, les mecs autour qui dealent même si je sentais qu'il brûlait d'en parler.

— Il se droguait ?

— Bien sûr. Ses yeux, ça se voyait. Mais là-dessus, je suis resté sur ma faim, il ne m'en a pas parlé. Je ne sais pas s'il l'aurait abordé dans l'émission, je ne l'aurais pas poussé, trop dangereux.

— Au fond qu'est-ce qui vous intrigue dans tout cela ? Tout me paraît conforme à ce que vous attendiez. Je ne comprends pas bien vos scrupules.

— Il y avait d'autres choses qui ne cadraient avec rien de connu. J'ai peut-être tort mais j'ai le sentiment que c'est de là qu'est venu le danger.

Judy a marqué une pause. J'étais frappé par sa maturité. Son sens de la déduction, sa clarté. Elle ne devait pas avoir trop de mal à convaincre ses proies, car c'est bien de proies qu'il s'agit. Et je me rendais compte qu'elle réussissait autant par son intelligence que par son charme. Elle évitait soigneusement d'en jouer, cela augmentait sa crédibilité. Etais-je en train de me faire avoir moi aussi ? J'ai continué de jouer le jeu parce qu'en venant me voir elle n'avait, au fond, rien à gagner.

— Continuez, jusque-là je ne vois pas grand-chose d'extraordinaire, je vous l'ai dit.

— Il n'y a rien d'extraordinaire à voir. Juste des impressions.

— Allons-y, allons-y…

— C'était à Balmoral justement la dernière fois que je l'ai vu. A cette saison, en début d'après-midi le temps était bien trop chaud et il n'y avait quasi personne. Personne en tout cas sur la terrasse où nous étions installés sous un parasol. Il venait de me dire qu'il s'appelait Chris Connelly et qu'il avait été un rugbyman célèbre. J'étais très contente, car je savais que ce serait très fort dans l'émission qu'il acceptait de faire mais j'étais complètement abasourdie. Je ne savais pas quoi penser. Je l'ai cru car je savais qui il était autrefois. Mon père était connaisseur et j'avais entendu parler de ses frasques. Je crois qu'il était assez content de son effet.

— Il ne vous en a pas dit plus ?

— Pas beaucoup. Je l'ai interrogé évidemment sur sa carrière, ses plus grands matches. Pour lui, le top du top c'était une victoire dans la coupe universitaire avec Wagga-Wagga ! Le reste, il faisait semblant de s'en foutre ! Vous saviez qu'il avait été à l'université là-bas ?

— Oui.

— Ah bon… ! Vous saviez aussi qu'il avait trois copains et que cela avait l'air capital pour lui ? Il avait commencé à m'en parler pas mal. Vous saviez cela aussi ?

Cette fois je n'ai pas répondu, je l'ai simplement regardée en souriant. Elle a poursuivi :

— Ils s'appelaient David, Bruce et Alan. David a été son entraîneur plus tard, je crois. Il m'a dit qu'il avait disparu en montagne et aujourd'hui je sais très bien qui il était. Il est mort lui aussi. Il m'a parlé de leur amitié. Ils ne se sont presque plus revus et je ne sais pas pourquoi. Je ne l'interrogeais pas. Je pensais qu'il allait tout me raconter au cours de nos prochains entretiens ou au cours de l'émission. J'étais déjà sûr de vouloir absolument qu'il y participe mais je ne voulais rien brusquer. Je ne lui ai pas demandé s'il allait évoquer ses copains mais s'il m'en parlait, c'est qu'il y pensait. On aurait pu les retrouver, enfin ceux qui sont encore vivants. Il y avait un mystère quelque part. Ou peut-être je me fais des idées. Peut-être que j'exagère les détails de sa vie parce que je sais comment elle s'est terminée. Qu'est-ce que vous en pensez ? Je ne l'ai jamais revu depuis cet après-midi à Balmoral. Il a reporté plusieurs rendez-vous. Je n'étais pas pressé, je ne voulais pas le bousculer. Je devais le revoir le lendemain de sa mort. Voilà.

J'ai laissé le silence s'installer, je ne voulais pas lui dire grand-chose de mon enquête. Elle ne m'en avait pas appris beaucoup plus, seulement confirmé des faits. Elle a écrasé une autre cigarette, je lui ai dit sèchement :

— Vous en avez parlé aux flics ?

— A part Catrionni, non. Je devrais ?

— Je ne crois pas…

— Je me souviens très bien aussi qu'il m'a dit en parlant du match de la coupe universitaire que c'était sa plus grande victoire et sa plus grande défaite. Je ne sais pas si tout cela est important car il avait tout de même un côté théâtral. Il en jouait avec facilité quand il voulait. Vous croyez que ça va vous servir à quelque chose ?

— J'espère.

— Mais Ashe, quel rôle jouez-vous exactement dans tout cela ?

— Un rôle obscur, croyez-le bien. En tout cas je vous remercie.

C'est comme cela qu'on s'est quittés. Je sais qu'elle était perplexe et sans doute déçue. Une petite vengeance pour la manière un peu cavalière qu'elle avait eue de me forcer dans ma retraite pour apaiser sa conscience. Cela ne me déplaisait pas de torturer discrètement son âme. Puisqu'une âme elle avait.

15

INTERMÈDE ÉNERVÉ

Coup de téléphone immédiat à John Jangtsee. J'avais besoin qu'il me dise cette fois la vérité, sa vérité. Enfin ce qu'il en savait car je le croyais sincère quand il prétendait qu'on lui avait caché certaines choses. Enfin sincère…

Le lendemain je faisais l'aller-retour à Wagga. J'avais besoin de l'entendre très vite me faire le récit de cette journée de la coupe universitaire lorsque son équipe l'avait remportée. Sans rien omettre cette fois.

16

LA CUP

Elle s'était jouée à Sydney, mais pas dans ces quartiers chic du bord de la baie comme Vaucluse ou Balmoral. Beaucoup plus à l'ouest, à Concord, dans le quartier pour immigrés venus d'Asie et d'Europe centrale, au moment où les travaux commençaient pour construire le site olympique de Homebush. Mais un stade tout de même et il y avait du monde parce que le rugby à XV reste un sport de base. Même s'il n'est pas le sport suprême comme le cricket qui se transmet de père en fils dans les parcs, le dimanche, même si le XV est aujourd'hui dépassé par le rugby à XIII où le footy, il reste une référence par son histoire, son origine, le lien avec l'Angleterre et l'Empire.

Il s'agissait de la finale du championnat universitaire et pour une fois elle n'opposait pas deux grandes facultés des quartiers chic de l'une ou l'autre métropole. Face à face Flemington, banlieue hippique et tout de même confortable de Melbourne, et donc Wagga-Wagga, petite ville conservatrice perdue au milieu du bush à quatre cents kilomètres de Sydney, très fière de ses étudiants. Ils avaient formé une solide équipe capable, cette année-là, de bousculer tous les favoris et de se retrouver en finale. Uniquement cette année-là grâce à la bande des quatre. Le professeur Jangtsee me l'avait répété, sans eux ils n'y seraient jamais arrivés. L'équipe s'appelait les "Dogs" pour l'occasion et elle mordait tout le monde. La preuve, ils étaient en train de gagner sous les yeux ébahis de leur entraîneur qui avait pourtant été le seul à y croire. Les dirigeants de l'université ne les avaient pas beaucoup encouragés et d'ailleurs ils n'étaient même pas venus pour la finale. Peut-être que s'ils l'avaient fait, ils auraient mieux réussi à contrôler la situation après le match.

Le public venait d'applaudir une percée brutale de David qui avait rapproché la mêlée à une dizaine de mètres de l'en-but adverse et laissé sur le flanc l'un des trois-quarts de Flemington. Le jeu s'était arrêté pour emmener le joueur, salement touché, sur une civière. Le score était encore serré. Mais c'était bien comme ça que David, cheveux clairsemés, brun-roux, une calvitie précoce, comptait gagner avec ses copains. Son physique de bûcheron et l'agilité de ses jambes puissantes lui permettaient de transpercer les lignes adverses avec une violence impressionnante. Il était l'un des avants de l'équipe et les coaches des équipes professionnelles l'avaient déjà repéré. Il entendait bien leur montrer ce jour-là son intelligence tactique, sa force de percussion et son autorité dans les mêlées.

David était l'un des quatre gars du noyau dur. Toujours ensemble, ils s'en foutaient de leurs études, ils méprisaient leurs profs, à part John Jangtsee. Ils méprisaient aussi la plupart de leurs équipiers, ils buvaient beaucoup de bière après les matches et secouaient la tranquillité des nuits tranquilles de Wagga. Une seule chose comptait, même s'ils ne se le disaient pas toujours, même s'ils y parvenaient rarement : Où allaient-ils mettre leur queue après le match ? Comme le résultat de cette quête hautement spirituelle était souvent désespérante et même nulle dans la petite ville, cousine lointaine des cités de la côte, ils déchargeaient leur agressivité au stade. Le jeune trois-quarts de Flemington venait d'en faire les frais.

Quand le jeu avait repris, quand la balle avait giclé de la mêlée, Bruce et Chris avaient pris le relais. Avec l'élégance que Bruce aimait dans le rugby, lui, qui en manquait tant. Il était mince, plutôt châtain-blond, mal proportionné, vif comme un serpent, les yeux rapprochés et un regard perçant. Des quatre, il paraissait le plus fragile et le plus discret. Bruce était toujours dans l'ombre des autres et personne n'aurait été capable de dire s'il allait continuer le rugby. Lui-même ne le savait pas. Il n'était pas le plus doué mais il y trouvait quelque chose que les trois autres, le nez toujours dans la pelouse, auraient été bien incapables de voir : la beauté du jeu, des déplacements, des trajectoires dans l'espace, l'esthétique des corps en mouvement. Une passe croisée avec Chris au sortir de la mêlée et il filait déjà à l'essai. Le deuxième de Wagga qui prenait maintenant l'avantage.

A partir de ce moment, leur équipe avait toujours fait la course en tête, Flemington n'avait jamais été capable de combler son retard. Il y eut de belles phases rapides, le public appréciait. De son côté Allan, le troisième, tenait solidement le pack. Blond, plus que Bruce, les cheveux beaucoup plus longs, une allure de surfeur de magazines. Il en avait aussi l'arrogance et la vulgarité. Il avait déjà pris un avertissement car à la suite d'actions vives, il avait injurié ses adversaires puis les arbitres. Ils avaient beau être tolérants, les injures sur leur sexualité n'étaient pas passées.

Les travées de spectateurs n'étaient pas pleines à cause de la saison d'été et des vacances qui commençaient. De plus les deux équipes n'étaient pas de Sydney. Mais cela plaisait au public que la petite ville du bush foute une branlée aux prétentieux de Melbourne.

Quand Allan avait finalement été expulsé, Wagga était déjà assuré de l'emporter. Ils avaient tout de même eu du mal parce que les gars de Flemington, les favoris de la finale, dans un sursaut d'orgueil, avaient arraché un essai puis marqué deux pénalités dans la dernière période. Chris, autre voltigeur des lignes arrière, le quatrième voyou avait porté le coup de grâce et achevé le job. Lui aussi était puissant et agile. Tout à la fin, il les avait abattus par un déboulé inattendu, une ligne brisée, tout en décrochements et en accélérations. Il avait traversé tout seul une moitié du terrain et les lignes adverses sans qu'aucun des joueurs de Flemington ne parvienne à l'arrêter. Il avait réussi à déposer le ballon ovale entre les poteaux. Avec son beau visage cerné de boucles brunes, ses lèvres boudeuses et charnues et déjà son grain de folie. Même ses trois copains craignaient ses colères soudaines. Un visage plus enfantin que les trois autres et des réactions plus aiguës, plus puériles.

Quand l'arbitre avait sifflé la victoire, les quatre s'étaient jetés dans les bras les uns des autres en ignorant ostensiblement le reste de l'équipe même s'ils leur avaient souri et finalement serré la main. C'était leur victoire et ils tenaient à le montrer.

La troisième mi-temps, le moment de la fraternité, des copains et des beuveries, ils l'avaient passé entre eux, seulement entre eux. Juste un verre avec les autres aux abords du stade et ensuite ils s'étaient tirés tous les quatre vers Darlinghurst, Taylor Square et King's Cross, les quartiers les plus hot de Sydney. Toute l'équipe y avait été d'ailleurs, et les avertissements de John Jangtsee n'avaient servi à rien. Mais les quatre avaient fait bande à part et les choses s'étaient gâtées.

Tous s'étaient égayés dans la ville et tous avaient déconné. Le lendemain l'entraîneur les avait retrouvés au poste mais le quatuor infernal n'était pas là, il n'allait être inquiété que plus tard. Jangtsee avait passé la journée à faire sortir ses gars du commissariat. Ils avaient bu et s'étaient bagarrés toute la nuit. Mais en restant groupés comme un vrai *team*. L'entraîneur se doutait bien que les quatre autres avaient eu eux aussi des ennuis. En réalité, il ne les avait même pas vus. Le lendemain, il avait été convoqué à Wagga par les dirigeants. Ils l'avaient tenu pour responsable. Il m'avait affirmé qu'il ne savait pas de quoi.

L'affaire avait fini par être étouffée mais la rumeur s'était répandue et elle avait laissé des traces.

Pourtant, en gagnant cette coupe, l'université de Wagga avait réussi un véritable exploit. Cela ne s'était pas reproduit depuis et ne se reproduirait sans doute jamais car les joueurs de ce niveau étaient détectés plus tôt maintenant et ils partaient vite dans des établissements plus prestigieux. Et les débordements de la soirée après la compétition avaient servi de leçon.

L'affaire avait fini par être étouffée grâce à la discrétion de la police et l'entregent des autorités du sport. Le reste de l'équipe n'avait jamais rien su de ce qui s'était réellement passé cette nuit-là. Ils se tenaient tous à carreau après leur interpellation pour des broutilles. Le soir du match ils avaient croisé les quatre une fois ou deux à King's Cross, le quartier des peep-shows et des bordels aux lumières rouges dans les rues parallèles. Les deux groupes n'avaient pas cherché à se rejoindre.

Jangtsee avait eu l'impression que tout le monde l'avait tenu à l'écart après cette affaire. La direction de l'université ne lui avait rien dit, elle savait bien qu'il n'aurait pas tenu sa langue, trop honnête. Alors elle l'avait accablé après l'arrestation de toute l'équipe. Un moyen facile d'oublier les quatre voyous. Bruce le plus petit avec sa silhouette presque frêle. Allan le surfeur casque d'or qui rotait sa bière en pleine rue. Chris, ses boucles foncées et ses gestes brusques, toujours au bord de l'altercation. David enfin, son gabarit de fort des halles et son crâne brun-roux, dégarni, qui lui donnait aussi une allure de bagnard.

Ce soir-là ils n'avaient pas cherché à vider des bières. Ils n'avaient pas cherché la bagarre non plus comme allaient le faire tout au long de leur virée interminable leurs équipiers puceaux. Ce qu'ils cherchaient ce soir-là, c'était du sexe. Ils étaient prêts à tout pour y parvenir.

Plus tard, ils avaient été virés de l'université, prier d'aller voir ailleurs comment on passe le ballon ovale, si d'autres clubs ou d'autres universités étaient assez fous pour les accueillir. Certains y parviendraient, Chris, David. Mais, dès ce jour-là, le noyau dur apparemment indestructible avait éclaté. Définitivement. Les quatre allait se disperser dans l'immensité australienne ou tout simplement dans l'anonymat des grandes métropoles. Ils avaient été comme une secte. Avant la finale ils faisaient tout ensemble : la bière, la résistance, les études chaotiques, le haschisch, les conneries, les stéroïdes pour se sentir plus forts, la méchanceté aussi parfois mais pas toujours. Et le sexe rarement par manque d'opportunité. Un jour cette secte s'était dissoute et ils s'étaient fondus dans le décor.

J'ai demandé à Jangtsee s'il avait encore des photos d'eux. Peut-être des photos de l'équipe au moment de la victoire universitaire. Il en avait sûrement. A l'entraînement aussi ou dans d'autres matches, mais il ne savait pas où il les avait rangées. Il m'a promis de chercher.

Jangtsee était un homme définitivement blessé. Je ne crois pas qu'il m'ait caché grand-chose. Simplement il n'aimait pas trop que l'on ravive les mauvais souvenirs.

17

LA VOLONTÉ DU CAMION

Le lendemain de ma visite à l'entraîneur, j'ai éprouvé cette étrange sensation quand dans un rêve on se trouve bloqué dans une impasse sans rien pouvoir faire. Une force inexorable qui vous conduit, sans que votre esprit puisse s'y opposer, à une voie sans issue.

Cela ne m'a pas saisi tout de suite, rien n'avait changé à Palm Beach quand j'ai quitté mon hôtel. La plage était encore déserte, les villas paraissaient abandonnées sous leurs architectures audacieuses et inoxydables et la dune défiait les siècles. Seul le golf que j'ai longé, en quittant le cap par l'unique route, pouvait laisser penser qu'une épidémie n'avait pas décimé la cité balnéaire. Les seniors, armes en main, arpentaient les fairways comme des fourmis industrieuses.

Je n'avais plus d'essence et je n'avais pas regardé la télévision depuis la veille. Je me suis arrêté à une station-service à Dee-Why, j'ai acheté le *Sydney Herald* et j'ai encaissé la surprise. Pour l'instant, la mort de Bruce n'était qu'un accident. Regrettable certes, mais un accident. D'ailleurs il n'y avait qu'une colonne en page intérieure avec une photo où je l'ai reconnu tout de suite. S'il n'y avait pas eu la photo, je n'aurais sans doute pas lu l'article.

Ce matin-là j'avais décidé de prendre mon courage à deux mains. Jusque-là j'avais filé doux mais c'était fini. J'avais garé pendant plusieurs jours ma grande carcasse filiforme dans un abri sûr. Pour me tenir à l'écart et ne pas risquer une deuxième bastonnade. Pour panser mes plaies qui m'avaient défiguré pendant plusieurs jours. Et aussi par couardise, il faut le dire. Ces mecs me faisaient peur. Je ne savais pas dans quoi j'avais mis les pieds mais à l'évidence je n'enquêtais pas sur un simple crime passionnel. J'avais en face de moi des gens déterminés. Et si je ne voyais pas encore bien le lien entre tous ces meurtres, j'avais commencé à comprendre qu'il s'agissait d'une histoire ancienne, peut-être d'une vengeance froide. Que quelqu'un ou quelques-uns avaient décidé de tuer et que rien ni personne ne semblait pouvoir les en empêcher. Il s'agissait de ne pas être personne à ce moment-là. Et puis je m'étais terré, parce que j'avais encore des vérifications à effectuer du côté de Wagga-Wagga. Cet os-là étant définitivement nettoyé, il ne me restait plus qu'à retourner à Sydney. Au diable l'avarice et loin de moi les pensés peureuses, les rues et les bars de la capitale de Nouvelle-Galles-du-Sud allaient de nouveau voir passer mon bob rouge. Enfin je le pensais en quittant Palm Beach.

“La mort d’un camionneur sur une aire de parking.” D’après le *Sydney Herald*, le corps de Bruce O’Brien avait été écrasé par son propre semi-remorque dans le coin le plus obscur d’une aire d’autoroute. O’Brien devait faire un transport vers le sud. Dans l’article ils ne le disaient pas mais je savais que dans ces lieux-là, suffisamment éloignés pour la discrétion et suffisamment proches d’une métropole pour une bonne fréquentation, l’activité sexuelle entre mecs était courante, voire permanente. Gays affichés et excités, papas en maraude et frustrés, motards distants ou folles déchaînées, on trouvait de tout, j’y avais été. Ces endroits, dans tous les pays civilisés, sont propices aux petits *quickies*, le sexe anonyme entre adultes mâles consentants. Si les pissotières servent à se choisir, les bosquets abritent l’action. Camionneurs bienvenus, évidemment puisqu’ils en forment quand même la principale clientèle. O’Brien y jouait forcément sur les deux tableaux, en tant que gay relooké cuir et en tant que *truck driver*. Ce n’était sûrement pas la première fois qu’il s’arrêtait là et je le voyais mal ne pas savoir se servir des freins de son gros engin. J’imaginais aussi que quand le corps avait été découvert, tout ce petit monde avait dû s’égailler comme une volée d’étourneaux étourdis par les secousses amoureuses et les odeurs de poppers. A moins qu’à quatre heures du matin – le journal disait que ça s’était passé en pleine nuit, sans donner le moindre détail – il y ait une pause dans ce trafic-là. Les autres camionneurs n’avaient rien vu, évidemment. Si la police les avait réveillés sur l’aire d'autoroute, c'est qu'ils dormaient et qu'ils n'avaient vraiment rien remarqué.

L'article était succinct, ne donnait pas de détails sur les blessures ou l'état du corps de Bruce mais il y avait tout de même son nom et une petite phrase. Une seule mais suffisamment intrigante pour donner à tout lecteur du journal normalement constitué l'envie d'en savoir plus. "L'homme avait déjà été mêlé à plusieurs affaires liées au business de la nuit." Rien de plus mais déjà beaucoup. Comme si le journaliste ou plutôt les flics qui la lui avaient soufflée, voulaient déjà accréditer la thèse du règlement de comptes.

Cela faisait une raison de moins d'avoir peur de rentrer à Sydney, enfin, peur, je m'entends. Et une raison de plus de joindre Ange à Perth où c'était déjà l'heure du déjeuner. J'ai laissé un message à son bureau. Il n'a pas attendu dix minutes pour me rappeler, je me suis garé le long de la nationale devant un supermarché K-Mart éclaboussé du soleil matinal.

— On dirait qu'il a vraiment été écrasé…

— Tu parles de Bruce O'Brien ?

— De quoi veux-tu que je te parle ! m'a-t-il répondu d'un ton sec.

Ferme ta gueule mon petit bonhomme. Ange n'était pas de bonne humeur et je n'avais pas intérêt à plaisanter. Juste des questions essentielles :

— Pas d'autres blessures ?

— A ma connaissance non mais s'il a été tabassé avant que le camion lui passe dessus, on ne le saura jamais.

— Pas de traces donc, j'imagine qu'ils font des analyses toxicologiques ?

— La police fait son métier.

Il a dit cela avec un fort accent de lassitude. Je ne savais pas bien ce qui l'agaçait à part la quantité de boulot qui devait s'accumuler au-dessus de sa tête et que mon dilettantisme énervait toujours. Je n'ai pas insisté, je n'avais aucune envie d'être désagréable avec lui. Je lui ai parlé de mon mémo, celui que j'avais envoyé par mail cela m'évitait de m'étendre sur mes recherches. Il savait tout par cœur et un peu plus en réalité puisqu'il m'avait envoyé Judy. Comment ? Mystère et boule de gomme. Ange à un très bon réseau mais je le voyais mal me faire suivre à Wagga ou à Palm Beach. Alors disons qu'il a un petit don d'ubiquité et n'en parlons plus. Mais j'ai fait comme si de rien n'était parce que je sentais aussi à sa voix qu'autre chose le tracassait et qu'il avait envie de m'en parler.

— Tu crois vraiment, Ashe, quand tu réfléchis dans ta petite tête, sous ton bob rouge, que cet olibrius est passé tout seul sous son camion ?

— Je me doute que non, mais qu'est-ce que ça veut dire…

— Voici les rumeurs qui me sont revenues. On va lui coller le meurtre de Tina sur le dos. On trouvera bien quelqu'un qui l'a vu se balader la nuit ou ta chère drag-queen est morte. Par parenthèse, elle n'a pas été violée avant d'être assassinée. Bruce était un mec de la nuit dans tous les sens du terme, ce sera facile. Et je sais aussi qu'il n'était pas à Sydney au moment de la mort de Charlene. Les camions, comme tu le sais, servent aussi à traverser le continent. Je suis sûr qu'il y aura des témoins qui auront vu son bahut à Perth la nuit où Chris-Charlene est mort et ainsi de suite…

— Et tu n'y crois pas…

— A ton avis ?

— A mon avis, lui ai-je répondu, c'est possible mais ce doit être beaucoup plus compliqué que cela. C'est une affaire ancienne. Qu'est-ce que tu peux faire, toi, bloqué à Perth ?

— Rien, bien sûr. Je dois laisser la police fédérale agir mais leur donner aussi mes conclusions. Il s'en foutent de toute façon, tout se passe à Sydney maintenant.

— Alors ?

— Ces deux gamins, on ne saura jamais ce qui leur est arrivé. Je veux dire vraiment. On dira qu'il s'agissait juste de deux travelos et au fond tout le monde pensera qu'ils ne l'ont pas volé. Tu sais, les drag-queens, elles dérangent plus qu'on ne le croit. C'est très profond, c'est lié à l'histoire de ce pays. Mais elles ont aussi une fonction sociale. Et de temps en temps, elles payent pour leur audace. Le fou du roi a toujours raison et de temps en temps il est puni. Elles étaient juste les folles du royaume enchanté. Et des monstres ont fait disparaître les bonnes fées.

J'ai mieux compris son amertume quand il a conclu :

— Tu crois vraiment que les pédés sont acceptés dans ce pays ? Que les mecs comme toi et moi, et

Charlene et Tina sont accueillis à bras ouverts ? Et puis merde, tu penses ce que tu veux…

— Mais je ne t'ai rien dit.

— J'ai l'impression que tu n'y crois pas… je me trompe ?

— Ce que je crois Ange, c'est que tu ne veux pas lâcher le morceau, je ne crois pas que tu puisses les laisser faire. Ni moi non plus. Je ne partage pas toutes tes analyses, disons que je suis moins pessimiste que toi mais je n'ai pas envie qu'on oublie ces deux gars-là. Plus ça va, plus je les trouve attachants.

— Alors… tu veux bien continuer ?

— Bien sûr.

Cela ne m'avançait pas à grand-chose puisque la police fédérale et les flics de Sydney orchestraient parfaitement les opérations. Ange avait raccroché assez sèchement mais je savais qu'il comptait sur moi au moins pour leur mettre des bâtons dans les roues. Mais, assis dans ma voiture dont j'avais coupé la climatisation, posé sur mon cul et commençant à transpirer sous le soleil qui n'éclairait pas seulement l'enseigne K-Mart au-dessus de ma tête, je ne savais absolument plus qu'inventer. A quoi pouvaient bien servir les liens rugbystiques que j'avais établis entre certains des acteurs de cette suite tragique ? C'était peut-être comme cela qu'ils s'étaient rencontrés et qu'ils avaient commencé à se fréquenter. A l'arrivée ils étaient sans doute mêlés, ensemble, à une affaire crapuleuse. Et alors ? Jangtsee m'avait bien dit que même s'il gardait une tendresse particulière pour ces quatre-là, qui lui avaient offert les meilleurs moments de sa carrière, il savait que c'étaient des voyous.

Je suis retourné à Sydney. J'ai repris mon petit campement chez mon pote Didier qui voyageait toujours sur ses avions entre l'Europe et l'Asie et qui ne semblait pas décidé à me tenir compagnie. Taylor Square et les environs étaient étrangement calmes même pour un jour de semaine. Comme le temps était beau, la communauté gay profitait des plages. Je m'en suis rendu compte en début d'après-midi au hasard d'une conversation avec un mec qui partait à La Pérouse, sur Bottany Bay, en bus avec sa serviette sur l'épaule.

Finalement je suis parti comme lui mais en voiture. J'ai parcouru les plages nudistes. Ce sont celles où les gays se retrouvent. Obelisk, de l'autre côté de la baie, côté nord, pas très loin de Balmoral. Il n'y avait que des mecs de trente-cinq quarante ans, bodybuildés et assez prétentieux. Je n'étais pas indifférent à tout cela mais je ne connaissais personne. Idem à Lady Jane ou le transsexuel qui m'avait tant intrigué avait bien évidemment disparu. Là, l'ambiance était plus cool, au sens baba. Plus années 1970, toujours *peace and love*, bagouzes, piercings, etc. Mais je n'ai vu aucun visage connu.

En fin d'après-midi, j'ai fait la tournée des terrasses et j'ai distingué quelques silhouettes familières mais aucune de la bande qui m'intéressait. Le policier gay aux tatouages kanaks sur les bras ne se montrait nulle part. Jeremy Smith-Wilson. J'aurais bien voulu le rencontrer. J'aurais été bien incapable de lui demander quoi que ce soit mais j'aurais voulu observer sa réaction à ma vue. Dès demain de toute façon il saurait que j'étais revenu en ville.

A l'*Oxford Hotel*, il n'y avait même pas de drag-queen pour servir. J'ai pensé à Tina qui allait disparaître entre les lignes d'un ultime article de fait divers, comme une dernière épitaphe. Cela m'a rendu triste, je suis parti me coucher.

J'ai de nouveau regardé l'article du *Herald*. O'Brien m'intriguait. La simplification journalistique, avec ce que les flics voudraient bien lâcher, allait tracer de lui un portrait prémâché, une caricature peu ressemblante. J'allais avoir maintenant du mal à connaître son vrai passé. Et personne n'aurait le courage ou la volonté de piocher un peu plus loin. J'ai téléphoné à John Jangtsee. Il n'avait pas l'air étonné.

— C'était pourtant un de vos gars ?

— De qui parlez-vous ?

— Bruce O'Brien, le camionneur assassiné.

— Oui, j'ai regardé les news à la télé, on en a parlé, mais quel rapport ?

— Il avait joué au rugby, ils le disent dans le journal. Il avait notamment joué à Kensington, ça je l'ai lu dans les archives du club.

— Et alors ?

— Alors, vous avez bien dit qu'il y avait un Bruce dans la bande des quatre ?

— Mais ce n'était pas lui, celui que j'ai connu se nommait Bruce Benson.

— Il a pu changer de nom…

— Mais pas de visage. Même dix ans plus vieux, je l'aurais reconnu sur la photo. Je vous assure que ce n'était pas lui, pas du tout lui… Je peux vous envoyer la photo par mail, j'en ai retrouvé une…

Cul-de-sac.

Qu'est-ce que je m'étais imaginé ? Que j'avais découvert le sens caché de cette histoire et qu'au fur et à mesure que je retrouvais les membres de la bande des quatre, ils se faisaient assassiner dans les conditions mystérieuses les uns après les autres ? Que j'avais mis au jour une conspiration qui éliminait les membres éminents d'un groupe de joueurs de rugby ? Qu'un *deus ex machina* me narguait en effaçant de la surface de la terre une collection de drag-queens extravagantes ? Que j'allais aider Ange à sauver l'honneur perdu des brebis égarées de la communauté homosexuelle d'Australie ? La réalité est toujours beaucoup plus prosaïque. Dans tous les milieux on tue d'abord pour de l'argent. Si la nuit est le plaisir et la démesure de mes petits copains gay, elle est aussi le terrain privilégié des mafias et des trafics en tous genres.

Cul-de-sac donc.

18

QUAND LE DERNIER VERRE SE VIDE…

Adélaïde est une ville où la chaleur peut déraper dans les aigus. A cette époque de l'année, au moment de l'arrivée de Noël, elle est desséchante. En sortant de l'aéroport, le soleil d'Australie méridionale ne chauffait pas que les raisins de ses fameux vignobles, il assommait aussi d'un coup sec.

J'avais décidé de ne pas me laisser coincer. Jeremy Smith Wilson pouvait bien me chercher pour me trouer la peau dans les bars de Sydney, j'avais filé sur une des rares pistes qui me restaient, au moins dans ma tête. Je suis un incorrigible obstiné. John Jangtsee m'avait expliqué qu'il avait entendu dire que Bruce Benson avait tenté de recommencer une carrière à Adélaïde. Je n'avais rien d'autre à faire et je ne connaissais pas cette cité.

La ville est un carré quadrillé par des rues toutes semblables hormis le *mall*, l'artère commerçante où il y a un peu plus de monde. Les banlieues sont autour, interminables comme d'habitude. Un peu comme Melbourne, des banlieues éparpillées enserrant un grand carré central. Mais il manque la beauté de la capitale de l'Etat de Victoria. Pas d'architecture moderne digne de ce nom, presque aucun vestige des bâtiments victoriens qui font le charme suranné de la plupart des villes australiennes et qui rappellent le passé kitsch et conquérant, qui rappellent l'Empire en fait. Mais à Adélaïde rien ou presque.

Dans la chaleur brutale du week-end de Noël, j'ai arpenté ses rues, j'ai longé ses quartiers assoupis d'une église à l'autre. Il y en a partout. Ailleurs, on ne les voit presque pas. A Adélaïde on ne voit qu'elles tout le temps et je ne sais pas pourquoi. Il est des cités comme celle-là qui attirent les prédicateurs, la foi, les religions, les fidèles, les sectes. Il y a des lieux où le besoin de croire doit être plus fort.

Sans me presser, je suis allé d'un bâtiment à l'autre pour trouver les traces d'un homme dont je ne savais presque rien. A part Jangtsee, et encore, personne n'avait pu me dire quoi que ce soit sur Bruce Benson et sa venue dans cette région. Il avait rompu tout lien avec les quatre autres, il était aussi le plus effacé, celui qui avait laissé le moins de souvenirs de son passage. Je me doutais que ma quête n'allait pas être facile, alors je me suis raccroché à ma foi. Pas celle des confessions représentées dans les innombrables églises, celle que je mettais dans mes capacités d'enquêteur. Un bon moyen aussi de savoir si je n'avais pas perdu la main à me prélasser depuis des mois sur les plages, dans une oisiveté presque totale. Ange m'avait donné une nouvelle opportunité de me tester pour la bonne cause, celle de nos amis gay, autant travailler le plus sérieusement possible. Autant retrouver mes réflexes d'enquêteur coté, ce que j'étais autrefois dans une vie antérieure, pour une compagnie d'assurances. Au-delà de l'insouciance, au-delà de l'angoisse de vivre sans préoccupations triviales de fin de mois. Savoir traîner, perdre du temps, fouiller dans les archives, parcourir les interminables pages répétitives sur Internet. Questionner des gens sans trop se faire remarquer, aller à la pêche aux indices, trouver des traces humaines au-delà de la froideur des moyens électroniques.

Au bout de ce week-end de Noël où la ville était d'autant plus désertée qu'elle était abrutie de soleil, je me suis rendu compte que je savais encore bosser. J'avais commencé par le club de rugby. Accéder aux archives, parler avec un secrétaire trop jeune pour avoir connu l'époque de Bruce. Il n'était pas méfiant comme à Kensington, plutôt du genre bon enfant qui veut à tout prix rendre service. Bruce y avait joué deux courtes années et n'avait pas laissé grand-chose. Ni souvenirs, ni coupes glanées haut la main, ni exploits, ni faits d'armes hors terrain. Un nom, une photo, pas plus. Mais aussi la piste d'un boulot qu'il aurait occupé quelque temps dans un garage automobile.

Après, j'ai parcouru toutes les concessions des grandes marques. La plupart étaient ouvertes pour Noël, ce doit être une période propice pour acheter une voiture. Elles étaient toujours assez loin, en périphérie, dans des espaces trop grands, le long de longues avenues bordées d'enseignes de toutes marques.

Assez flippant, sauf que beaucoup d'entre elles étaient vers le port. "Dans le port d'Adélaïde, quand le dernier verre se vide…" les premières paroles d'une vieille chanson de Jacques Debronckart. Elle m'avait toujours fait rêver. A l'époque où je l'entendais à la radio, Adélaïde rimait avec inaccessible et intrépide. C'était le bout du monde, le bout de la mer et j'y étais. Ça ne ressemblait pas du tout à ce que j'avais imaginé, évidemment. Pas de bouges enfumés, pas de marins ivres, pas d'embarquement pour nulle part. D'ailleurs Debronckart, une sorte de clone de Brel en moins bien, n'y avait jamais mis les pieds. Juste des dizaines de porte-conteneurs amarrés en rang et des caisses multicolores empilées sur les quais. Propre et net sous le ciel bleu implacable.

Et un petit phare rouge sur lequel on pouvait monter, ce que je fis pour le plaisir. Il n'y avait personne, j'étais le seul visiteur. Le port avait cessé de respirer, les bateaux avaient oublié de vivre pour quelques heures. C'était le zénith du jour de la naissance du petit Jésus et le thermomètre flirtait avec les quarante degrés. Même un chien aurait risqué l'insolation s'il avait voulu traverser simplement le quai. Je n'ai pas quitté mon bob de la même couleur que le phare. Définitivement, le port d'Adélaïde était vide, beaucoup plus que les verres des marins de la chanson. Je m'en fichais, j'avais trouvé ce que je voulais. Juste avant, dans les bureaux d'un concessionnaire Ford. Un vendeur un peu plus âgé que les autres, qui vendait, et vendait encore depuis des années. Je me suis présenté comme une ancienne relation, il m'a dit que c'était la première fois qu'on venait lui parler de Bruce depuis le temps. Depuis tout ce temps passé, depuis sa disparition. Plusieurs années. Il a même essayé de me vendre une voiture.

Après, encore après, desséché sur pied, j'étais parti fouiller dans les archives du canard local. J'ai mis le temps parce qu'il n'y avait pas grand-chose, un petit article pas plus, cela n'avait pas agité les foules. Pour la presse cet accident était moins intéressant que lorsqu'un surfeur se fait croquer par un grand requin blanc, un de ceux qui pullulent le long des plages de South Australia où j'ai fini par aller me baigner un matin, une fois ma petite enquête arrivée à terme.

Je savais alors presque tout de la vie médiocre de Bruce Benson. Et je savais aussi qu'une nouvelle fois tout cela aboutissait à une impasse.

19

B COMME BRUCE. VIE ET MORT DE BRUCE BENSON

Bruce avait sans doute été le plus désemparé quand le groupe avait éclaté. Bruce, lui non plus, n'avait presque pas de famille, il s'était tiré très tôt de chez ses parents. D'où l'importance qu'il attachait au rugby et à ses potes d'autant qu'il ne savait pas faire grand-chose d'autre. Non qu'il n'en soit pas capable, mais parce qu'il n'avait jamais pris la peine d'apprendre. Dès l'école secondaire, il avait passé plus de temps – comme beaucoup de ses copains – à cuver sa cuite de la veille au fond de la classe, qu'à écouter ses maîtres. Les professeurs laissaient faire, Bruce n'était pas le seul, cette maladie de l'alcoolisme des adolescents était répandue. Les profs avaient agi de la même manière quand ils étaient des teenagers et beaucoup de parents d'élèves aussi.

Curieusement, après cette finale de la coupe universitaire à Sydney, après avoir perdu de vue ses copains, Bruce avait cessé de boire. Une vraie résolution, peut-être la seule de sa vie. La seule en tout cas à laquelle il se soit tenu par la suite.

Son idée fixe était de poursuivre le rugby et d'y démontrer ses dons pourtant moins évidents que chez les trois autres. Le scandale une fois étouffé, il avait bien été obligé de s'exiler et après bien des hésitations, il avait choisi Adélaïde parce que personne ne connaît cette ville en Australie. Les habitants de la côte est la méprisent un peu et n'y vont jamais. Trop de vignobles, trop d'Allemands, trop d'églises, trop province en fait. Si on est sérieux c'est pourtant là qu'on peut réussir quelque chose. Pour une fois Bruce avait envie de l'être et de recommencer à zéro dans une équipe mineure, faute de mieux. Il avait été engagé en troisième division, dans la banlieue. Il s'était entraîné avec application. Il avait cessé de boire et au début il s'était montré assez solide et régulier.

Il ne pouvait se passer du rugby et de cette esthétique si particulière qu'il était le seul à remarquer dans ces équipes-là. La force de la mêlée, cet ensemble. Les silhouettes athlétiques des trois-quarts déboulant en rythme vers la ligne adverse. Les odeurs de camphre et de gazon séché, les effets si particuliers du ballon ovale après le rebond, la précision d'un drop opportuniste, sa spécialité.

Au début cela n'avait pas mal roulé. Personne ne lui avait demandé de détails sur l'université de Wagga-Wagga. Sa bonne mine suffisait, il savait donner le change quand il le fallait et les équipes de deuxième zone étaient contentes d'avoir récupéré un joueur qui leur permettait de gagner contre d'autres équipes qu'elles n'avaient jamais battues. Il avait été ensuite sélectionné en division supérieure, il avait rejoint pendant quelque temps le club phare d'Adélaïde à qui j'avais rendu une visite. Mais si Bruce était le plus opportuniste dans son jeu, parfois brillant dans ses déplacements et sa technique, il était aussi le plus fragile des quatre. Son corps n'avait pas tenu. Trop d'efforts pour rester au niveau, trop de chocs violents contre des gars qui pesaient quarante livres de plus que lui, trop de tendinites, trop de ligaments croisés du genou en dentelle, trop d'anti-inflammatoires pour tenir le coup et de stimulants pour parvenir à accélérer encore entre les lignes adverses. Il n'avait pas comme Chris ce talent naturel, cette vitesse, cette facilité dans le geste et le placement. Tout ce qu'avait Bruce, il l'avait acquis petit à petit à l'entraînement, à force d'efforts trop grands pour lui. Et il avait fini par le payer. Il avait abandonné avec une certaine élégance. Lui le bûcheron mince, le manieur de balles besogneux et efficace, le marqueur de points à l'arraché avait un jour laissé ses rêves au vestiaire. Il avait pris une dernière douche avec ses équipiers puis il avait remis sa démission. Et il était parti. S'il rencontrait un de ses équipiers dans la rue ensuite, il détournait le regard et changeait de trottoir. Cela n'arrivait pas souvent et comme il n'avait jamais été loquace, personne n'avait insisté.

Bruce aimait aussi les femmes, trop. Il avait multiplié les conquêtes tout au long de sa carrière. Dans ce domaine, celui de la séduction, il voulait à tout prix être au-dessus de la moyenne. C'est aussi pourquoi, avec cette impatience, cette hystérie à les conquérir et à leur faire l'amour, il avait décidé de cesser les médicaments qui diminuaient son envie. Et finalement décidé de se ranger du rugby. Il avait alors choisi un métier. Il allait devenir ingénieur commercial dans une grande compagnie automobile. Il avait commencé par Ford. Il allait donc exercer ce métier d'ingénieur commercial, un bien grand mot pour une petite ambition car il ne s'agissait que d'être vendeur de voitures.

Et au fond, la vie de Bruce allait être moyenne en tout. Comme ces voitures qu'il vendait à la concession Ford. Adélaïde, ville moyenne par excellence convenait bien à son statut, à son ambition. On ne peut pas dire qu'il ait échoué vraiment mais enfin Bruce n'avait réussi nulle part. Hormis sa disparition peut-être, et encore les circonstances étaient loin d'être uniques.

Alors les femmes toujours, leurs conquêtes, son passe-temps, son plein-temps, même quand il eut fondé une famille. Et les échecs souvent, des ambitions trop élevées dans ce domaine. Comme son mariage. Sa femme et son enfant, lassés de cette vie monotone et de ses frasques répétitives avaient fini par s'en aller ailleurs. Il n'est pas sûr que cela ait vraiment bouleversé sa vie. Et le reste à l'avenant.

C'est avec une femme, sa dernière conquête, qu'il avait un jour disparu. Pourtant cette histoire aurait foiré encore une fois si elle avait continué. Mais elle s'était arrêtée net, pour tous les deux, le long d'une plage au-delà de Warnanbool, sur la côte sud, entre Melbourne et Adélaïde. Quinze jours à peine après l'avoir rencontrée, il l'avait emmenée en balade. C'était son truc les échappées dans la nature avec l'élue de son cœur. Chaque fois il y croyait dur comme fer parce que cela marchait bien, côté sexe. Et il repartait dans ses rêves. Parfois cela ne durait qu'un week-end, parfois plus. Leur entente devait être au beau fixe parce qu'ils étaient partis une semaine, hors des vacances habituelles. Ils avaient sans doute parcouru la côte des douze apôtres, sur la route éblouissante qui longe le grand océan du Sud avec ses falaises jaunes et ses aiguilles friables surgies de la mer au milieu des rouleaux venus du pôle. On l'appelle aussi la côte des naufrages parce qu'il y a plus d'un siècle les grands clippers pris dans les tempêtes australes de la mer de Tasmanie venaient s'y briser. Ce fut aussi le naufrage de Bruce.

Ils s'étaient arrêtés, au retour vers Adélaïde, sur une plage déserte. Rien qu'eux deux sur cette grève un peu froide au début de l'été dans le jour finissant. Ils n'avaient pas grand-chose à se dire, ces deux-là, personne n'avait grand-chose à dire à Bruce, même ses trois copains de l'université. Mais on peut imaginer qu'ils avaient fait l'amour sur cette grève déserte, éloignée de tout. Même s'ils avaient été assaillis par des volées de mouches insistantes. Après, la mer séduisante et trompeuse. Et les courants qui vous saisissent alors que vous n'avez de l'eau que jusqu'au genou. Voilà ce qui s'était probablement passé ce soir-là, sans témoin. En général, une personne commence à être emportée vers le large, l'autre ou les autres tentent de les secourir et personne ne réussit jamais à revenir.

Ce n'est que cinq jours plus tard que quelqu'un avait fini par se préoccuper de leur voiture abandonnée sur le parking, une porte encore entrouverte. Et les serviettes sur la plage, leurs effets intacts, même leurs papiers d'identité dans les sacs. Mais les corps n'avaient jamais été retrouvés.

On a peu parlé de la disparition de Bruce et de sa copine. Ce genre de noyade est fréquent sur les plages isolées. Partout, il n'avait laissé que des souvenirs en pointillé. J'ai su tout cela à la concession Ford, dans les journaux locaux et même par quelques témoins de sa vie que j'avais fini par localiser. Comme la sœur de sa copine. Elle semblait s'en ficher un peu de leur mort malgré la mine de circonstances. Elle ne mettait rien en doute. C'est par elle que j'ai su les quelques détails sur leur dernière échappée. Et par les petits articles dans les journaux, tout petits. Personne n'avait cherché à fouiller dans son passé, dans les différentes étapes de sa vie, le rugby, ses copains, tout ça.

Il n'y avait probablement rien à mettre en doute. Et des disparitions comme celle-là, sur les plages les plus dangereuses du monde, il y en a des dizaines chaque année. Une disparition moyenne.

Il n'y avait aucune raison de penser qu'il ait organisé lui-même sa disparition, aucun indice d'une mise en scène. Je crois vraiment qu'il s'est seulement fondu définitivement dans le décor. Mais qu'avait-il fait d'autre toute sa vie ?

TROISIÈME PARTIE

20

UN ANGE PASSE

— Salut, c'est Ange.

— Ah ! Ange…

— Pourquoi pas ? Il n'y a pas si longtemps qu'on s'est parlé. Pas si longtemps non plus qu'on ne s'est pas parlé.

— Alors ?

— Alors, rien. Je me demandais juste si tu pouvais passer me voir à mon bureau. Qu'on fasse le point sur tout ça.

— Mais Ange, tu ne sais même pas où je suis…

— A ton avis ?

— A mon avis, je sais encore où je suis. Mais normalement tu ne devrais pas le savoir, toi.

— Eh bien si ! Je sais que tu es revenu à Perth, c'est une petite ville… Donc ?

— Je passe te voir quand tu veux.

Enfin ! Quatre jours que je tournais en rond à Perth. Je ne l'avais pas prévenu de mon retour. Je n'avais prévenu personne d'ailleurs. Jusqu'au dernier moment, en quittant Adélaïde, je ne savais même pas si j'allais retourner vers l'est, c'est-à-dire à Sydney – mais pour y faire quoi ? – ou vers l'ouest et mon nid douillet de Perth avec un terrible sentiment d'échec dans le fond du cœur.

Quand je suis monté dans le taxi pour l'aéroport je ne le savais pas, je le jure. Je pouvais exclure le Nord du pays. Darwin, à cette saison enregistre cyclone sur cyclone. Dans le Sud, chance, il n'y a pas de vol parce qu'en dessous il n'y a que le pôle Sud. Donc, l'Est ou l'Ouest ? Pile ou face ? Pour traîner encore et retarder l'heure du choix j'ai demandé au comptoir de Qantas si les avions étaient pleins. En cette période de Noël il pouvait très bien y avoir des vols complets. Mais non, le type du comptoir m'a interrogé :

— Où souhaitez-vous aller exactement ?

— Justement, je ne sais pas.

— Vous êtes sûr de vouloir quitter Adélaïde maintenant ? a-t-il ajouté avec un sourire.

Et voilà, il avait un beau sourire. D'ailleurs il n'était pas mal du tout et quand je lui ai rendu son sourire j'ai senti une complicité, disons une complicité d'hommes seuls. Mais il a dit ce qu'il fallait pour m'inciter à mettre encore un pas devant l'autre :

— Le prochain vol c'est celui de Perth et il part dans une demi-heure. J'ai encore cinq minutes pour vous enregistrer…

— Allons-y pour Perth.

Quand j'étais arrivé, les choses ne s'étaient pas vraiment arrangées. J'avais évité Noël et le Boxing Day, les 25 et 26 décembre, en travaillant à ma petite enquête à Adélaïde. Mais il fallait encore attendre le Nouvel An dans quelques jours. La monotonie de

Perth en était accentuée. Comme le temps n'était pas bien beau, les plages ne prenaient pas non plus leur air de vacances, surtout à Cottesloe où je continuais à habiter à côté du petit golf de Seaview. Ses pelouses étaient désertes à cause du vent qui refroidissait la température, démolissait les swings des joueurs courageux et rendait aléatoires les trajectoires des balles. Il y a bien longtemps que je n'avais pas perçu ce désenchantement saisir la capitale de l'Australie-Occidentale. Je n'étais pas le seul à le ressentir, ils en parlaient tous les soirs au journal télévisé. Monsieur Météo n'avait jamais connu un été aussi pourri. Le soleil d'été asséchait l'Australie comme d'habitude, sauf Perth.

Sans compter les soldes. J'ai l'impression que les Anglo-Saxons ont inventé le Boxing Day, ce jour de repos le lendemain de Noël, juste pour préparer tout le monde à la ruée dans les centres commerciaux. Les journaux en étaient pleins de ces panneaux *"Sale"*, *"Sale"*, *"Sale"*. Tous les grands magasins faisaient des rabais jamais vus, des liquidations monstres, des prix défiants toute concurrence. Mais en fait de concurrence tous présentaient les mêmes caméras, les mêmes salles à manger de faux style, les mêmes chaises de jardin en plastique et les mêmes ordinateurs bradés. Aux mêmes prix. Les journaux étaient pleins de leurs sales pubs. Des pages et des pages de ces articles standards, de ces symboles de la petite bourgeoisie de consommation. Rien que dans le *West Australian*, il y avait plus de trente pages achetées par Harvey Norman, Myer, Bunnings et quelques autres. “*Sale*”, “*Sale*”, “*Sale*”. Sale discount, sales remises, sales soldes. Je me sentais sali par leur agressivité.

Cette période de flottement ajoutait à mon amertume. Mon portable ne sonnait quasi jamais sinon de vagues connaissances que je n’avais aucune envie de voir. Pour la première fois depuis mon arrivée dans ce coin perdu du monde où je vivais en fraude, je n’étais pas capable de rendre service à un copain. J’étais parti la fleur au fusil trop content qu’Ange me soit un tout petit peu redevable et je revenais la queue entre les jambes avec une enquête inaboutie et pas la moindre solution à lui proposer.

J’avais vaguement espéré qu’il me donne rendez-vous dans un bar gay comme le *Court Hotel* ou chez lui. Cela aurait pu rétablir entre nous une complicité. Mais non. Alors je faisais le poireau depuis une demi-heure déjà dans le petit parc qui sépare la Swan River du siège de la police tout au bout d’Adélaïde Terrace. Il m’avait donné rendez-vous à midi, l’heure délicate. Soit il m’expédiait en cinq minutes avant de partir avec ses collègues, soit il me proposait de déjeuner avec lui. Il pouvait tout aussi bien me renvoyer comme un valet, juste avant le lunch.

J’observais la façade du bâtiment tout en acier en cherchant la fenêtre de son bureau. Il m’observait peut-être à son tour car je fais toujours le même manège chaque fois que je viens le voir à son office. Je marche une demi-heure sur le gazon et comme il n’y a jamais aucun promeneur dans cette partie excentrée de l’est de la City, j’espère toujours qu’il remarquera mon impatience. Il ne le fait jamais. Cette fois non plus.

Ange avait les traits un peu tirés, la veste à la main et des yeux qui souriaient en se plantant dans les miens. Il avait maigri depuis la dernière fois où je l'avais vu. A moins que ce soit son teint un peu pâle qui se remarquait plus en ce début d'été. Mon ami travaille trop, j'ai parfois l'impression qu'il ruine sa vie. Sa vie mystérieuse dont je ne sais toujours rien hormis les instants de tendresse que nous avions partagés, trop rares, mais toujours avec bonheur. Mais même dans ces parenthèses où nous nous étions laissés aller, où je lui parlais parfois de ma vie personnelle, même dans ces moments-là, Ange ne s'était jamais confié. Je devais me contenter de savoir que sa vie sexuelle était bien remplie, beaucoup plus que la mienne en fait, que sa position de chef de la police ne l'empêchait nullement de draguer dans les spots gay habituels et qu'il ne s'en privait pas. Il me le disait et il n'est pas un gars à se vanter. Mais il n'avait jamais fait allusion à la moindre liaison. Peut-être, après tout, n'en avait-il aucune. Chaque homme a sa part de secret. Dans le milieu gay, aucune rumeur malsaine ne m'était jamais parvenue. Discret, respect.

— Je t'attendais, a-t-il dit.

— Je suis en retard ?

— Non, mais…

— Mais tu es pressé, tu dois partir, je vais me dépêcher.

— C'est toi qui m'as l'air d'être une pile électrique, je voulais t'emmener déjeuner afin qu'on prenne tout notre temps…

Nous avons marché dix minutes sur Hay Street pour trouver un café avec une terrasse et les tables espacées pour être tranquilles. Il n'a même pas attendu que nous soyons servis pour dire :

— Raconte-moi tout depuis le début, dis-moi ce que tu sais.

— Il y a deux angles pour voir les choses. D'abord l'angle actuel et factuel. Il y a quelques semaines, Charlene, une drag-queen assez déjantée a été assassinée dans les dunes de la plage de Perth. Cela a été le point de départ d'une série de morts violentes, deux au moins. Celle d'une autre drag-queen, Tina à Sydney. Je ne peux pas croire que les deux assassinats, à quelques jours d'intervalle, soient le fruit du hasard. Et quelques jours encore après il y a eu la mort de Bruce O'Brien, un camionneur qui, s'il n'était pas l'ami en titre de Charlene, gravitait dans son cercle. La mort de Charlene a donc déclenché quelque chose et à un moment j'y ai été mêlé involontairement. J'avais sympathisé avec Tina, brièvement je dois dire, et le camionneur Bruce était à coup sûr parmi les deux ou trois mecs qui m'ont tabassé le lendemain alors que je me promenais dans un coin désert près de la gare centrale de Sydney.

Ange ne m'avait pas interrompu. Il semblait écouter avec attention mais sans surprise. Il n'avait pas cillé quand j'avais parlé de ma sympathie pour Tina.

Il n'a posé aucune question. J'ai marqué une pause pour avaler quelques octopus grillés, arrosés de citron, et boire deux gorgées de bière, de la Little Creatures, fabriquée dans une petite brasserie du port de Fremantle. Le vent continuait à se faufiler partout et nous avions tout juste chaud sous l'abri de la tonnelle.

— Mais on peut raconter l'histoire d'une manière différente. Soit quatre adolescents qui, il y a une quinzaine d'années environ, jouaient ensemble au rugby dans une équipe universitaire. C'étaient quatre sales gosses qui accumulaient les bêtises jusqu'à en imaginer une trop grosse pour eux, une connerie qui a fait exploser le groupe. A ma connaissance ils ne se sont jamais, ou presque jamais, revus après. Deux d'entre eux, Chris-Charlene et David, ont tout de même appartenu à la même équipe professionnelle. Et, bizarrement, trois d'entre eux sont morts récemment d'une façon brutale. Sans que ces morts aient apparemment le moindre lien entre elles. Donc un puzzle avec quatre pièces. Amusant de constater qu'ils s'appellent A, B, C, et D. En fait, ce sont B, C et D qui ne sont plus parmi nous. Bruce s'est noyé et on n'a jamais retrouvé son corps. David est tombé d'une falaise et on a mis deux ans à le localiser. Quant à C, il s'agit justement de Chris-Charlene, celui ou celle, comme tu préfères, qui nous a entraînés dans l'histoire. Alors on pourrait essayer de reconstituer le puzzle en trouvant A par exemple. Il s'appelle Alan et pour l'instant pas la moindre trace. Peut-être a-t-il disparu lui aussi de la surface de la terre, en tout cas on l'a perdu.

Cette fois Ange est intervenu. Il m'a posé la main sur un bras, celui avec lequel j'étais en train de terminer ma friture d'octopus, comme s'il se souvenait brutalement de quelque chose :

— Et ce Bruce-là, B comme tu dis, tu es sûr qu'il s'est bien noyé ?

— Non, aucune certitude, sinon que personne ne l'a jamais revu. Son ex-femme n'a même pas cherché à connaître les circonstances de sa mort, c'est vrai qu'il était avec une autre créature. Je crois qu'il s'est vraiment noyé sur une de ces plages infinies entre Melbourne et Adélaïde. Il n'était pas seul. S'il avait voulu mettre en scène sa disparition, en laissant ses affaires sur la plage et en changeant d'identité par exemple, il ne l'aurait pas fait avec une femme. Elle n'avait aucune raison de disparaître elle aussi, même si sa famille ne l'aimait pas beaucoup. Des proches ont tout de même essayé d'en savoir plus. Elle était bien intégrée socialement et d'ailleurs c'est à cause d'elle qu'on a parlé de ces deux noyades. Je l'ai su par la sœur idiote. Enfin, c'est vrai, on n'a aucune certitude là-dessus.

— Bruce s'est noyé avant que David tombe de la falaise ?

— Tu me croiras si tu veux mais cela s'est passé au même moment. Enfin en supposant que Bruce se soit noyé le premier jour de son voyage car on n'a retrouvé sa voiture qu'une semaine plus tard. Et que David soit tombé le premier jour de son escalade. Il a pu aussi se balader sur les hauteurs pendant des semaines et tomber après. La seule certitude c'est que son corps est maintenant enterré alors qu'il se décomposait à l'air libre depuis au moins deux ans.

— Tu sais, le hasard, ça existe aussi. Même dans les affaires criminelles. Les statistiques montrent que le déclenchement ou l'opportunité d'un meurtre est souvent dû à des circonstances aléatoires. Dix minutes plus tôt ou un jour de retard et deux personnes ne se seraient pas croisées à tel endroit. Et le meurtre n'aurait pas eu lieu. Alors deux morts accidentelles, le même jour, c'est possible. Même pour des amis qui ne se voyaient plus.

— Merci, je sais cela aussi bien que toi.

— C'est vrai, j'oublie toujours…

— Que c'est mon métier d'enquêter. Ou que ça l'a été en tout cas. Tu me prends toujours pour un rentier dilettante.

— Rentier je ne sais pas, mais dilettante…

Nous avons rigolé et nous nous sommes tapé dans les mains par-dessus nos assiettes. Mais Ange a coupé court à toute digression sur ma situation de rêveur professionnel, errant sur les plages. Cela par un biais flatteur pour changer de sujet :

— Tu as eu le temps d'écrire quelques poèmes ?

— Non, pas vraiment.

— Tu m'en montreras ?

— Non. Et je préfère que tu ne me parles pas de ce petit défaut.

— Soit. Mais au fond qu'est-ce que ça change, je veux dire pour nous, représentants de la force publique, qu'on aborde l'histoire de l'un ou l'autre point de vue. Ça ne change rien. Je ne veux pas que, ni Charlene-Chris ni ton ami Tina, disparaissent dans les oubliettes des faits divers. Je veux qu'on retrouve celui ou ceux qui les ont tués. Point.

— Ce qui change, c'est le mobile et donc l'assassin ou les assassins. Dans le premier cas, c'est juste une affaire crapuleuse, un truc lié à la drogue, au business de la nuit et aux mafias. Dans ce cas-là, ce n'est pas la mort de Charlene en elle-même qui a été le déclencheur, c'est le fait qu'elle allait apparaître dans une émission de téléréalité. En prenant cette décision elle a mis en branle un processus et, comme on dit, signé son arrêt de mort. Avec quelques dégâts collatéraux. Trop d'intérêts étaient en jeu si elle déballait tout. En revanche, si on analyse l'affaire de l'autre point de vue, le mobile est tout autre. Il relève de la vengeance froide, d'un passé dissimulé et enfoui. Dans ce cas-là il faudrait d'abord compléter le puzzle. Commencer par trouver A. Et j'ai l'impression que ça va être coton.

— L'entraîneur ?

— Plus rien à en tirer. Je le crois sincère. Il ne sait rien. Un brave mec qui s'est consacré à son boulot. Qui croyait à la vertu de la transmission et aux valeurs du sport. Jusqu'à ce que ses gars, cette bande des quatre comme il dit, le trahissent. Il ne s'en est jamais vraiment remis. Mais je crois surtout qu'il n'a jamais trop voulu savoir et qu'il est hors du coup.

— En es-tu bien sûr ?

— Oui, je l'ai bien observé. A moins que…

— A moins que quoi ?

— A moins qu'il y ait une troisième manière de voir les choses.

— C'est-à-dire ?

— Le sentiment, le désir, l'amour quoi.

— Qu'est-ce que tu racontes ?

— Une impression, une idée qui m'est passée par la tête. Et s'il y avait de la passion là-dessous ? Si la mort de Charlene n'était qu'une histoire de cœur ou de cul, comme tu veux, qui aurait mal tourné ? Exemple : si Bruce O'Brien, le camionneur mal dégrossi, était réellement amoureux de Charlene ? Ou quelqu'un d'autre ? La vie qu'elle menait laissait de la marge pour entretenir une passion.

— Et là-dessus, qu'est-ce que tu as ?

— Rien, je te l'ai dit, juste un sentiment c'est à-dire très peu. Mais reconnais que cela change la perspective.

— Je reconnais. Sauf que le camionneur en question n'avait pas l'air trop affecté, d'après toi, quand tu l'as vu au *Manacle* avec ses copains cuirs…

— Pas faux.

On a commandé une nouvelle bière chacun. J'avais envie d'un gros gâteau à la crème, une Pavlova, qui se gelait près du comptoir, derrière la porte vitrée d'un frigo bruyant. Je n'ai pas osé devant Ange. Il semblait vouloir perdre du poids, il n'avait mangé qu'un barramundi grillé et une salade. Nous avons finalement décidé de partager une mangue. Il a repris la parole :

— Pour toi, maintenant, j'ai deux nouvelles.

— Bonnes ou mauvaises ?

— Mauvaises toutes les deux, par laquelle je commence ?

— Disons… la mauvaise !

Le garçon apportait la mangue découpée en éventail, avec deux cuillères. Elle a fait envie à nos voisines qui l'ont soupesée de leurs yeux de biche sous régime. Décidément ici, personne ne voulait manger. L'une des deux était très élégante avec un visage allongé et bronzé, un dessin parfait. J'ai perdu le fil un court instant mais Ange avait repris ses explications :

— Bruce O'Brien serait bien mort dans un accident. C'est ce qu'affirment les gars de Nouvelle-Galles-du-Sud. Dorénavant ça m'a l'air d'être la version officielle. Comme je te l'avais déjà dit, le corps est passé sous le camion, il n'aurait pas mis le cran de sécurité des freins pendant qu'il bricolait dessous. Tu parles… Je me demande bien ce qu'il pouvait bricoler à cette heure-là, mais passons. Pas de témoin, l'autopsie n'a révélé que de multiples fractures, on ne pourra plus rien prouver, bref on n'en parle déjà plus. Je ne crois même pas que la presse en ait fait état. Enfin pas encore parce que…

— Parce que quoi ?

— Parce que – et c'est la deuxième mauvaise nouvelle – on va parler de lui dès demain. Ils lui collent les deux meurtres sur le dos. Celui de Charlene et celui de Tina et là ils ont des preuves, enfin quelques preuves. Pour Tina, à Sydney, cela a l'air solide. Ils ont trouvé des cheveux ou des poils ou des traces d'ongles, je ne sais plus, sur le corps de

Tina, c'étaient bien ceux de Bruce. Il aurait pu aussi l'approcher de très près pour de tout autres raisons pendant les heures qui ont précédé sa mort mais peu importe. En plus ils se permettent de débiter toute une petite théorie comme quoi Bruce O'Brien l'aurait buté à cet endroit-là, la chaise de Mrs McQuarie, pour accréditer la thèse d'un crime homophobe. Une mise en scène, pour éloigner de lui les soupçons. Quoi qu'il en soit, il s'est bien appliqué à le démolir complètement et pour un crime de cette nature, je lui trouve beaucoup d'acharnement, le visage défoncé, beaucoup, beaucoup de coups. Beaucoup trop.

A ce moment-là, Ange m'a regardé dans les yeux. Je suis sûr qu'il a perçu une gêne et même ma tristesse bien que je me sois appliqué à ne rien laisser paraître. Mes années de pratique professionnelle m'y aident, évidemment. Tous ces détails, donnés par lui, m'avaient secoué. Mon sentiment pour Tina restait affectueux et amusé, même si je n'avais plus repensé à lui ces jours derniers. Mais, imaginer son corps martyrisé me faisait transpirer. Ange ne pouvait pas ne pas le remarquer. Il ne pouvait pas non plus ne pas l'avoir fait exprès. Je crois qu'il voulait me mettre la pression, sentir mon degré d'implication réel. Cela lui facilitait la tâche pour ses desseins futurs. Car desseins il y avait, je n'allais pas tarder à l'apprendre. Il a continué comme si de rien n'était :

— Pour Charlene, ils n'ont pas de preuves matérielles. Seulement la confirmation que Bruce était bien à Perth au moment de la mort de la drag-queen. Il aurait conduit son camion de Sydney à Adélaïde. Puis pris l'avion d'Adélaïde à Perth. Même chose au retour. Ce qui explique qu'il ne se soit absenté que quatre ou cinq jours de Sydney. S'il avait traversé le continent aller-retour en camion, il n'aurait pas eu matériellement le temps de tuer les deux. Ils ont retrouvé l'enregistrement de ses passages sur des vols Qantas. A Perth, un témoin fiable les aurait vus ensemble le soir du crime. Avant le show où je l'avais écouté chanter au *Court Hotel*. Alors bien sûr, cela leur suffit pour faire l'amalgame. Il aurait tué cette fois par jalousie, ça reste à prouver. Les coups de fil que j'ai passés du côté de Sydney montrent que Bruce tournait autour mais il n'est même pas sûr qu'ils aient eu une liaison. Charlene-Chris se serait confiée à ton copain Tina et c'est pourquoi ce dernier y serait passé aussi.

Je n'ai pas bronché quand il a dit “ton copain Tina”. Je ne suis pas sûr d'avoir transpiré plus. Je l'ai laissé continuer sans ciller.

— Bref, tout cela s'emboîte parfaitement. Et à la fin le méchant est puni. Comme si la main de Dieu avait desserré les freins de ce foutu camion. Personne ne sera inquiété et ça me fait chier.

— C'est-à-dire ?

— Tu le sais bien, je ne crois pas à leur scénario. Trop simple, il arrange trop de monde. Même si Bruce a été mêlé à l'une ou l'autre affaire, peut-être les deux. Mais je reste persuadé qu'il n'était pas seul.

— John Smith-Wilson ?

— J'ai du mal à croire qu'un flic qui s'occupe des relations avec les gays, qui est gay lui-même, ait pu commettre cela ou y être mêlé. Mon côté "angélique", tu me connais.

— Et lui, tu le connais ?

— Curieusement non. De vue, bien sûr car il a participé à des réunions à l'échelon national. Mais je ne l'ai jamais rencontré en tête à tête.

— Tu aurais dû ?

— Pas forcément parce qu'il est beaucoup plus jeune que moi. Plus jeune dans le métier et j'ai un grade supérieur. Mais je sais qu'il est venu plusieurs fois en Australie-Occidentale et qu'il n'a pas cherché à me rencontrer. Il n'a peut-être pas osé. Remarque c'était pour des affaires qui n'étaient pas de ma compétence. J'ai recherché dans mes archives.

— Et donc, qu'est-ce que tu peux faire maintenant ? Ils vont sûrement classer l'affaire.

— Je le crains…

La mangue était finie, la conversation aussi. Les deux belles plantes de la table d'à côté avaient payé leur note depuis longtemps et nous étions quasi seuls maintenant. Le vent frisait toujours les bavettes des parasols, le soleil avait déplacé leurs ombres d'un bon mètre. Tous les costumes.com avaient regagné leur bureau vitré et leurs écrans d'ordinateurs. Enfin, ceux qui travaillaient pendant cette période entre Noël et le Nouvel An. Ils n'étaient pas très nombreux et nous avions été très tranquilles sur la terrasse du *Manhattan's*. Cette partie de Hay Street n'est pas un coin à touristes non plus. J'avais l'impression qu'Ange avait encore des choses à me dire, il n'avait pas l'air de se décider. J'ai relancé la machine :

— Ce qui me frappe dans cette histoire, c'est la solitude de ces mecs. Je parle des quatre gars de l'équipe de rugby. J'ai l'impression qu'ils n'ont cessé de fuir et de se fuir. Et ils ont fini par disparaître. Je sais que c'est très australien ce genre de disparitions dans l'immensité du continent, cela leur a facilité la tâche. Mais pourquoi, bon Dieu, ne se sont-ils pratiquement jamais revus entre eux ?

— Tu oublies le quatrième, il n'a peut-être pas disparu.

— Alan ?

— Bien sûr.

— Tu veux qu'on le retrouve ?

— A ton avis ? Sauf que moi je ne peux pas bouger d'ici. Si je le faisais j'emmerderais sérieusement mes collègues de la côte est.

J'avais la confirmation qu'il n'avait pas lâché le morceau et qu'il comptait sur moi. J'étais même son seul recours s'il voulait approfondir l'affaire. Cette fois j'avais besoin d'un peu plus que son feu vert. J'ai réussi à lui soutirer qu'il me signe un vague papier officiel au cas où je tomberais une nouvelle fois entre les pattes des cogneurs de Sydney. Ou au cas où je serais confronté à la police. Je ne lui ai pas demandé la permission mais j'avais aussi décidé de prendre avec moi le revolver pour lequel j'ai toujours un permis de port d'armes. Un faux permis, bien sûr. Cela, je ne voulais pas le dire à Ange. Nous revenions maintenant à son bureau pour qu'il me signe mon certificat de bonne conduite et tout à coup j'ai eu une inspiration.

— Tu ne m'as rien dit à propos du sperme trouvé dans le rectum de Chris-Charlene. C'était celui du camionneur ?

Je m'en voulais de ne pas y avoir pensé auparavant. Comme si j'avais un peu perdu mes réflexes. Et je me demandais en un éclair pourquoi Ange n'en avait pas encore parlé.

— Ce n'était pas celui de Bruce O'Brien. Mais je n'en sais pas plus. J'imagine que si cela avait été le cas, ils me l'auraient balancé depuis le début pour enfoncer encore la brute morte sous son camion… J'ai du mal à obtenir des infos mais je crois qu'ils n'ont pu rapprocher l'ADN avec rien de déjà répertorié.

— Alors ?

— Alors je suis sûr que ce Bruce-là n'était pas seul. Charlene s'est fait enfiler par quelqu'un d'autre cette nuit-là. Et sans capote en plus. Cela signifie qu'elle était shootée ou qu'elle connaissait le mec qui l'a enculée. Car il n'y a pas eu viol. Cela aurait pu être Bruce mais ce n'est pas lui.

Du coup, on a traîné par le Riverside, le parc qui borde la Swan River, le plan d'eau scintillait et le vent agressif faisait gîter quelques dériveurs. Il y avait aussi des planches à voile qui jaillissaient vers nous comme si elles allaient sauter sur la ville. Plus loin, de l'autre côté de la rivière, une demi-douzaine de kite-surfs, ces cerfs-volants géants qui entraînent une planche et un casse-cou dans des pirouettes irréelles au-dessus de l'eau. Je ne me lasse jamais de ce spectacle de Perth en été et apparemment Ange non plus. Si bien que nous nous sommes attardés. Nous avons dévié de notre chemin mais pas de notre sujet. Ange, plus réaliste, pensait toujours à des meurtres liés à la mafia. Il était presque sûr que le camionneur y était pour quelque chose mais que ce n'était que la partie émergée de l'iceberg. Sans le dire, je savais qu'il avait John Smith-Wilson dans le collimateur. Avant de dévoiler ses batteries, il fallait qu'il apporte des preuves solides. Car cela se passait au cœur même de son milieu professionnel. Il n'avait pas hésité à me promettre une sorte de sauf-conduit parce qu'il pensait bien que j'allais m'attaquer à cette partie-là aussi.

De mon côté je défendais toujours la piste du rugby, de cette étrange bande des quatre. Je voulais comprendre ces quatre disparitions. Vivant ou non, Alan aussi avait disparu. J'avais l'impression que tout cela pouvait me mener à autre chose. C'est pourquoi, contrairement à ce que j'avais prétendu deux heures auparavant, j'avais décidé de commencer, dès que je retournerais sur la côte est, par rendre une énième visite à l'entraîneur John Jangtsee. De la côte ouest à la côte est, d'un bout à l'autre du continent une fois encore. A défaut de résultats, j'allais continuer à m'agiter dans tous les sens.

21

PAILLETTES ET BUSINESS

Dès que je retournerais sur la côte est… ce fut l'après-midi même. A cinq heures j'avais un avion pour Sydney. Comme il y a trois heures de décalage horaire et que je remontais le temps, je pouvais être pour la soirée chez mon pote Didier qui, miracle, faisait un stop chez lui. J'ai pensé que rien ne valait une petite balade à deux où tout avait démarré, c'est-à-dire au *Newton Hotel*. Là où tout avait commencé ou presque, là où j'avais rencontré l'adorable Tina auquel je pensais toujours et pour qui j'éprouvais encore un pincement au cœur. A cause de lui et de sa gaieté je n'avais pas abandonné mon enquête en cours de route. A cause d'Ange aussi bien sûr.

King Street, la rue principale de Newton, n'avait pas changé depuis la dernière fois que j'y étais venu. Mais en réalité elle s'est beaucoup transformée en quelques années. L'ambiance bon enfant sur les trottoirs y règne toujours mais les magasins ne sont plus les mêmes. Plus chic, plus branchés, toutes les marques de vêtements à la mode, les restos les plus chers. Où étaient les débordements amateurs du monde gay, ceux qu'on voyait au début de *Priscilla, folle du désert* ? Une des premières scènes du film se passe dans le cinéma un peu délabré de Newton. Avec *Priscilla*, Sydney s'était imposé comme la capitale mondiale de l'homosexualité. Mais c'est à partir de ce moment-là que les choses se sont peu à peu modifiées. A partir de là que la gay attitude a commencé à être récupérée par le business. A partir de là que les enjeux et les convoitises sont devenus plus importants.

Cela m'a sauté à la figure en entrant au *Newton Hotel* et je me suis reproché de ne pas y avoir pensé auparavant, dès que j'y étais venu il y a trois semaines. Je l'avais sûrement vu mais j'avais l'esprit ailleurs et je n'y avais pas prêté attention. Sinon j'aurais mieux compris toute cette histoire. Il n'était pas encore neuf heures et tout le monde attendait le show car c'était un vrai show ce soir. Pour l'heure Jimmy Somerville hurlait dans les baffles avec sa voix de fausset à peine couverte par le brouhaha des mecs entre eux en train de s'envoyer des litres de bière. Le public, lui, n'avait pas changé. Au mur il y avait une grande affiche de "Claire de Lune", l'une des drag-queens emblématique de la décennie précédente qui ne se produisait plus sur scène mais qui organisait des dîners pour des groupes. "Dinner with Claire, impressionnez vos amis avec une soirée qu'ils n'oublieront pas." Il suffisait de réserver sur clairedelune.com. Cartes de crédit acceptées.

Quand le spectacle a commencé j'ai vraiment vu la différence. Il s'intitulait *Triptease*. En vedette la célèbre Glitta Supernova. Elle n'est pas apparue tout de suite, il y a eu d'abord tout un ensemble du numéro avec des créatures qui dansaient et chantaient en play-back d'une manière hyper-professionnelle. Les yeux étaient maquillés avec soin, les sourcils dessinés au petit poil, les paupières nacrées. Les tenues n'avaient plus rien à voir avec les déguisements improvisés d'autrefois. Des bodys en lamé identiques venus des meilleures boutiques, des bas de soie et des jupes de satin rose foncé griffés Prada. Le show était réglé au millimètre et avait plus à voir avec une revue de Broadway qu'avec une soirée "Cage aux folles".

Et puis Glitta Supernova est arrivée parée de tous ses atours. Entre Barbie et Bibendum car Glitta est forte, grosse même. Une combinaison short rose fluo deux tailles trop petites, une ceinture rose pâle et des bottes lacées en plastique de même couleur. Tatouage de dragons sur les bras. Une perruque de cheveux lisses et platine qui lui descendait jusqu'aux épaules. Des faux sourcils épais remontant jusqu'à la frange, des cils charbonneux de trois bons centimètres et le rouge à lèvres rouge sang qui débordait largement sur les joues. Les multiples piercings sur les lèvres et dans le nez ajoutaient à la caricature et brillaient sous les projecteurs à l'unisson des colliers constellés de faux diamants.

La foule a hurlé, saisie et enthousiaste. Les autres drag-queens sont rentrées dans l'ombre et n'ont plus servi que de faire-valoir mais avec beaucoup de talent et d'ensemble. *Take a trip down the strip*... indiquait l'affiche. La pub n'avait pas tort car Glitta s'est mise à chanter. Du play-back évidemment sur les chansons à la mode mais sa manière de les caricaturer, sa présence incroyable, ses clowneries, en faisaient des petits moments délirants. Elle a mimé *Because of You* de Kelly Clarkson, qui cartonnait en ce moment dans les hits, avec tellement de distance et d'ironie que tous les petits mecs étaient pliés, nous deux compris. Puis *Barbie Girl* d'Aqua, inutile d'expliquer pourquoi. Enfin elle a chanté aussi *Something Beautiful* de Robbie Williams. Elle a eu droit à une ovation. Avec un numéro pareil, elle aurait pu faire le tour des cabarets de la planète. J'ai compris que tout ce monde-là était passé dans une autre dimension. Finis les numéros plus ou moins réussis où se succédaient de pâles copies d'icônes féminines à la mode. Finies les approximations musicales et les pannes de micro qui faisaient rire le public. Le show avait gagné la partie et les affaires sûrement aussi. Un gros business maintenant. Je n'avais aucune raison de m'en indigner, je comprenais simplement que les enjeux étaient d'une tout autre nature.

Didier éclusait des bières avec des copines qu'il avait retrouvées. Pardon, des copains. Si j'avais dit cela devant Ange, il m'aurait grondé. Sauf qu'on était entre nous et qu'entre nous, c'est comme ça qu'on parle. J'en ai profité pour me glisser vers les coulisses. J'ai déambulé comme la première fois, l'air de connaître, en habitué. Cette fois je n'avais personne à charmer, personne à séduire. Mais Tina m'avait dit qu'il souhaitait intégrer une revue ou un show, que ce serait la prochaine étape. Il avait été arrêté en cours de route mais j'ai reconnu une autre drag que j'avais vue la première fois avec lui. J'ai parlé du show de Glitta, il s'est marré. J'ai parlé de tout et de rien, de rien surtout. Et puis :

— C'est dans ce show que Tina devait jouer ?

— Tina ?

— Oui, Tina Burner, je vous avais vus ensemble.

Il n'a rien répondu. Je peux dire il puisqu'il était en train d'enlever sa robe et que sous le slip il y avait un renflement confortable qui ne laissait planer aucune ambiguïté. Il avait déjà quitté ses faux seins et j'ai remarqué que, comme tous les autres, son corps était parfaitement épilé des pieds à la tête. Et il s'est refermé aussitôt. Son sourire a disparu, il a fait semblant de parler avec un de ses voisins, m'oubliant ostensiblement. Je suis quand même resté. A un moment il s'est finalement tourné vers moi et d'un ton qui montrait bien qu'il mettait fin à la conversation il m'a juste dit :

— Oui, c'est vrai, c'est triste.

Et il s'est éloigné.

J'avais compris. Eux faisaient maintenant une revue très au point où le professionnalisme et la loi du silence étaient les règles. J'allais moi aussi continuer à faire mon job avec autant, sinon plus, de professionnalisme.

22

CHINA CLUB

Je voulais en avoir le cœur net. Dès le lendemain j'ai donc décidé d'aller voir l'entraîneur. Et si Jangtsee n'était pas dans sa maison, il valait mieux que je le localise très vite. A moins d'affronter directement John Smith-Wilson à son bureau de la police, je ne voyais pour l'instant aucune autre piste.

Donc, un voyage éclair à Wagga-Wagga. Un coup d'avion par Qantas Link et le tour était joué dans la journée. Là-bas, je pouvais louer une voiture. En matière de coût, les notes de frais que m'avait promis Ange n'y suffiraient sûrement pas. Je m'en foutais, j'allais puiser dans mes comptes personnels, histoire de lui montrer que j'étais peut-être un rêveur mais pas un dilettante. Voilà l'avantage d'avoir fait fortune par accident. Pour vivre heureux, je me suis caché sur la côte ouest dans mon repaire de Cottesloe, banlieue balnéaire de Perth. Je ne peux pas dire que je m'ennuie même quand je ne fais rien sinon écrire un tout petit peu, de tout petits poèmes. Je me regarde vieillir doucement. Je me socialise le moins possible même dans le milieu gay. Mais si un copain comme Ange me demande un service et que cela entre dans mes capacités, je fonce et je mets un point d'honneur à aboutir. L'argent peut aussi aider à cela, à garder une image positive de soi-même.

Dans la chaleur écrasante d'un après-midi de Wagga, j'avais tout de même l'impression d'avoir dépensé mon fric en pure perte. Heureusement la voiture de location, une Holden, était bien climatisée. A l'aéroport j'avais laissé un nouveau message à l'entraîneur sans lui dire où j'étais, seulement que je voulais le revoir. Et je me suis rendu directement chez lui. J'ai garé la voiture deux rues plus loin, j'ai terminé à pied. Tout le quartier était désert à cause de la chaleur et des vacances. Sur la côte, quand il fait quarante degrés, il y a quand même un peu de vent qui donne l'impression de pouvoir respirer. Pas à l'intérieur du continent. Des feux de forêt commençaient déjà au nord de Sydney et les fermiers pouvaient craindre que, au-delà de la sécheresse, leurs exploitations soient détruites par les flammes.

Dès que je suis sorti de la voiture, j'ai senti la violence terrifiante de cette chaleur. A se demander comment les fleurs pouvaient encore tenir debout dans les jardins. Pas la moindre silhouette dans les rues, pas le moindre cri d'oiseaux, ils se réservaient pour le soir. J'ai bien reconnu la maison et j'ai sonné. Deux fois et la deuxième j'ai vraiment insisté. Pas de réponse, pas le moindre bruit, si toutefois il était encore possible d'entendre quelque chose dans la fournaise abrutissante. Une telle chaleur n'est pas seulement tactile, elle étouffe les sens. Mais quelque chose me disait qu'ils n'étaient pas loin, lui et sa femme. La boîte aux lettres était vide. S'ils étaient partis en vacances il y aurait eu au moins des prospectus publicitaires. Il était déjà cinq heures de l'après-midi. J'étais en train de faire chou blanc mais je ne voulais pas m'avouer si vite vaincu. Je suis parti sans me retourner, je suis remonté dans la voiture et, ostensiblement, je suis repassé devant leur maison. J'ai roulé au hasard pendant un kilomètre et je suis revenu sur mes pas sans me montrer cette fois. Pour l'instant les voitures étaient rares mais dans une demi-heure elles allaient sortir des parkings des bureaux du centre-ville. J'ai finalement trouvé une place pour la Holden dans une voie sans issue. Un eucalyptus et un black boy devaient en principe la cacher si quelqu'un m'observait de la maison.

J'ai patienté longtemps. Des mecs sont rentrés de leur job dans des maisons voisines. Des télés se sont allumées et des perroquets en groupe se sont mis à s'agiter en voletant dans tous les sens et en caquetant comme des crécelles. Les arrosages des jardins se sont mis en route, leurs seuls bruissements suffisaient à donner l'impression de rafraîchir l'atmosphère. Je devais laisser le moteur tourner à cause de la climatisation. J'ai frôlé le découragement. Je faisais semblant de lire en attendant quelqu'un mais je me doutais bien que je ne pouvais rester indéfiniment là, sous peine de passer pour un flic ou un agresseur sexuel à l'affût.

La nuit est tombée. Tout autour des fenêtres se sont éclairées. Pas chez eux mais je ne me décidais pas encore à partir. Un quart d'heure est passé. Et puis un autre. Et puis quelque chose a bougé du côté de leur entrée. Une silhouette s'est glissée dehors et a marché dans la rue, dans la direction opposée. Ce n'était pas John mais sa femme. Ainsi donc Jangtsee ne voulait plus me parler. Raison de plus pour avoir sans attendre une conversation sérieuse avec lui.

J'ai attendu encore cinq minutes supplémentaires pour être bien sûr que Mrs Jangtsee s'était suffisamment éloignée. J'ai glissé mon revolver dans ma ceinture sous les pans de la chemise que je portais au-dessus de mon pantalon. Et je me suis de nouveau dirigé vers la maison, les mains dans les poches. J'étais sûr que l'entraîneur m'observait par l'une ou l'autre ouverture de sa bicoque. Je devais agir vite et par surprise sinon John était capable d'ameuter tout le quartier. J'ai heureusement gardé quelques talents de mes expériences passées comme celui d'ouvrir vite les serrures. Et la leur était horriblement standard. Une bonne carte de crédit et un petit cutter font en général l'affaire. Quand je me suis retrouvé dans leur vestibule, il ne s'était pas passé plus de dix secondes après que j'avais commencé à tourner la poignée.

J'ai surpris l'entraîneur mais pas assez vite toutefois. Il avait eu le temps de se saisir d'un club de golf dans son sac près de la porte d'entrée. Il le levait au-dessus de sa tête et paraissait bien décidé à s'en servir. Un club de golf peut occasionner de sérieux dégâts si on l'abat sèchement sur la tête de quelqu'un.

Et je soupçonnais Jangtsee d'avoir, sous son allure frêle, une très bonne condition physique. J'avais encore quelques secondes d'avance car il s'était reculé au fond de la pièce. J'ai préféré sortir mon arme.

— Ne faites pas l'imbécile, restez où vous êtes, lâchez votre engin.

Il est devenu blanc. Blême, verdâtre, une peau de batracien malade. Pas beau à voir. Il ne pouvait pas savoir que mon pistolet n'était pas chargé, je ne suis pas assez idiot pour cela mais la seule vue d'un tel ustensile est efficace dans 99 % des cas. Jangtsee faisait de la résistance, il tenait toujours fermement son club.

— Je ne veux pas vous parler, je n'ai rien à vous dire, cessez de me harceler.

— Pourquoi ne m'avez-vous pas répondu cela calmement au téléphone ?

Là, j'ai bien vu qu'il se troublait. Son visage avait repris un peu de couleurs mais il était maintenant agité de tics incontrôlables. Ses épaules se soulevaient comme s'il allait sangloter. Une sorte de fureur l'empêchait de craquer complètement.

— Alors, on se calme tous les deux. D'accord. On rengaine nos armes et on va parler tranquillement dans le living. D'accord ?

— Ma femme va rentrer.

— Téléphonez-lui tout de suite sur son portable et dites-lui de nous laisser tranquilles une heure, vous trouverez bien une excuse.

Ce qu'il fit dans la minute. Il a parlé chinois et je ne sais absolument pas ce qu'il lui a dit. Il parlait très vite, sans la laisser répondre, sur un ton qui n'admettait pas de réplique. A moins que ce soit simplement les intonations de la langue. Il était très agité. Il avait gardé le club de golf à la main tout en téléphonant de l'autre. Son swing était sûrement moins rapide qu'un coup de feu mais cela le rassurait quand même. D'autant que je le dépassais d'une bonne tête. Je l'ai dirigé vers la table de la salle à manger. Je me suis assis au bout et j'ai posé mon automatique devant moi. Il s'est assis de l'autre côté et il a enfin rangé son club. Il m'a dit :

— Ça ne change rien du tout, qu'est-ce que vous voulez que je vous dise ?

— Tout ce que vous savez.

— Mais je ne sais rien.

— Pourquoi prenez-vous les choses ainsi ? Je n'avais pas imaginé que je devrais entrer de force chez vous. Vous m'avez obligé à agir de cette manière, vous me cachez quelque chose. Mais quoi ?

— Rien du tout, c'est vous qui posez toutes sortes de questions, beaucoup trop. Je vous ai dit tout ce dont je me souvenais. Et puis maintenant vous me harcelez, c'est ridicule.

— De votre bande des quatre, trois sont morts, le quatrième a disparu. Qu'est-ce que cela vous inspire ?

Il a encore pâli.

— Vous voulez me foutre la trouille ?

— Vous pensez que personne ne doit savoir ce que vous voulez me cacher ? Que vous pourriez aussi y passer ?

Je l'ai interloqué. Il s'est arrêté de trembler sans cesser de me regarder. Il avait repris en main le manche du driver sans m'en menacer et il le tripotait. Il devait peser le pour et le contre et cet exercice lui évitait d'avoir peur. Il était maintenant dans l'action, comment s'en dépatouiller, comment prendre une décision. Cette attente qui l'avait minée avait pris fin. Et je voyais bien que mes propos l'avaient ébranlé. John Jangtsee était plus émotif que je l'avais imaginé. Mais il a fini par lâcher, obstiné :

— Je n'ai absolument rien à vous dire.

J'ai sorti la lettre d'accréditation de mon ami Ange. Je savais que c'était un truc complètement bidon qui n'avait aucune valeur juridique. Je risquais même gros si j'en faisais état dans une enquête officielle. Mais il y avait un en-tête de la police de Perth et cela suffisait pour l'impressionner.

— Je vous l'ai dit, quatre garçons que vous connaissiez ont disparu. Trois sont morts. Que pensez-vous que va bientôt faire la police ? Le rapprochement. Qui viendra-t-elle interroger ? Vous, leur entraîneur, le seul lien entre eux. J'agis d'une manière officieuse pour aider à y voir plus clair. Parce qu'un officier de la police de Perth, Ange Cattrioni – il pouvait très clairement voir ce nom inscrit sur la lettre – ne compte pas enterrer trop vite ces morts. Ce ne serait pas bien pour vous que la police vienne enquêter et ensuite qu'on vous traîne, même comme témoin, devant un tribunal. Moi je peux arranger les choses si vous me dites enfin la vérité.

J'y allais au bluff mais j'avais visé juste. Il s'est décomposé, il est redevenu verdâtre, couleur grenouille, comme celles que l'on voit sur les marchés aux poissons en Asie. Elles sont encore vivantes sur les étals mais se doutent peut-être qu'elles n'en ont plus pour longtemps. Jangtsee me faisait le même effet. J'ai tenté d'enfoncer le clou :

— Où est Alan Alistair ?

— Je n'en sais rien, je vous le jure. Celui-là je ne l'ai jamais revu.

— Alors lequel avez-vous revu ? Ou lesquels ?

— Chris Connely mais rarement.

— C'était votre préféré ?

— Je n'ai jamais perdu complètement le contact avec lui. C'est le seul qui était venu me voir après la coupe universitaire. David et Bruce, je les ai aperçus par hasard sur le campus mais Chris était venu dès le lendemain à mon bureau. Et après il me rendait visite de temps en temps ou il me donnait rendez-vous à Sydney. Il était charmant. Je me doutais qu'il faisait des bêtises mais nous ne parlions jamais de cela. De rugby un peu et puis de musique et de peinture, il a toujours aimé cela. De cricket et de golf aussi. Mais peu à peu tout cela s'est espacé et j'ai fini par le perdre de vue lui aussi.

Jangtsee a marqué une pause mais son visage avait repris des couleurs. Il avait compris que ce n'était pas à lui que j'en voulais. A moins que… Surtout ne pas le brusquer. J'ai laissé passer le silence, seulement troublé par le léger vrombissement de l'air conditionné. Cela ne l'empêchait pas de transpirer abondamment. Mais c'était le seul signe encore visible de ses craintes. Il a repris :

— Et je l'ai revu à la fin du mois de décembre.

— Décembre dernier ?

— Oui, quelques jours avant sa mort.

— C'est cela que vous ne vouliez pas me dire. Pourquoi ?

— C'était privé. Tout ce qu'il m'avait raconté me gênait un peu. Je ne savais pas dans quel genre de spectacle il se produisait mais j'avais deviné. Il parlait des cabarets, du monde gay, donc je me suis douté. De toute façon cela ne regardait que lui et moi.

— Quoi donc ?

Jangtsee a encore hésité. J'ai simplement froncé les sourcils et pointé un doigt vers le document que j'avais laissé sur la table.

— Il m'a dit qu'il allait passer dans une émission de télé, un reality show, un de ces trucs idiots qui passent le week-end sur Seven. Je le lui ai déconseillé mais il en avait envie. Ses heures de gloire de l'époque du rugby lui manquaient. Bien sûr que l'émission allait être un succès d'audience, les gens se seraient souvenus de lui et c'est ça qu'il souhaitait. Et il m'a demandé ce qu'en penseraient les autres.

— Quels autres ?

— Les trois autres évidemment. Je n'en savais fichtre rien, je ne les avais jamais revus, je vous l'ai dit. Je ne crois pas qu'aucun se serait vanté de ce qu'ils avaient fait tous les quatre. Surtout pas Chris. Mais d'après ce que j'ai compris, il allait revoir Alan.

— Et vous ne me l'avez pas dit ?

— Je sais bien que c'est pour cela que vous me poursuivez. C'est à lui que vous pensez. Mais je m'en fiche d'Alan, c'est Chris que je ne voulais pas trahir, même après sa mort.

— Alan est donc toujours vivant ?

— Il l'était il y a un mois puisqu'ils se sont rencontrés.

— Chris paraissait inquiet ?

— Non, pas du tout. Il était plutôt en train de recommencer une nouvelle vie. Je ne suis pas sûr qu'il aurait réussi, il avait les yeux un peu trop brillants. Je ne suis pas idiot, je me rendais bien compte qu'il se droguait. Et cela depuis longtemps. Je crois… je crois que cela altérait un peu son jugement. Il se racontait des histoires.

— Il vous a dit où était Alan ?

— Pas vraiment, il m'a seulement expliqué qu'il avait gardé son nom Alistair mais qu'il utilisait son deuxième prénom, Gary. Et j'ai cru comprendre, bien qu'il l'ait rencontré à Sydney, que Gary, puisque c'est de lui dont il s'agit, avait quitté l'Australie.

Jangtsee a éteint le son de la télé qu'il avait allumée pour couvrir nos voix. Il avait peut-être peur que je me mette à crier, ce n'est pas mon genre. Nous n'étions éclairés que par une petite lampe de bureau, derrière lui, si bien que nous ressemblions à deux fantômes murmurant dans une caverne. Dehors on n'entendait plus aucun bruit de voiture, les voisins devaient être en vacances ou dîner à la campagne. Je ne distinguais plus ses changements d'expression mais il avait repris tout son contrôle. Il m'avait maintenant probablement tout dit mais j'ai quand même demandé par acquis de conscience :

— Vous a-t-il parlé cette fois de la connerie qu'ils avaient faite la nuit après la coupe universitaire ?

— Un peu. Parce qu'il aimait bien donner "sa" version. Mais je savais depuis longtemps à quoi m'en tenir.

— Vous saviez…

— Bien sûr puisque les autorités de la fac m'en avaient tenu pour responsable.

Quand j'ai quitté sa maison, il est resté assis sans bouger au bout de la table. La chaleur était toujours là, tapie dans l'ombre mais je ne l'ai remarquée qu'en remontant dans la Holden. J'avais depuis longtemps rangé mon revolver et il avait sûrement oublié jusqu'à la présence du club de golf dont il m'avait menacé. J'étais un peu sonné et beaucoup de questions se bousculaient dans ma tête. Dans la voiture j'ai senti que de grosses gouttes de sueur me coulaient dans le dos. Mrs Jangtsee n'avait pas donné de ses nouvelles depuis le coup de téléphone comminatoire de son mari. Dans la nuit, cette partie de la banlieue de Wagga était toujours aussi bouillante et déserte.

23

FIN DE PARTIE

A l'époque les téléphones portables n'existaient pas, le courrier par mail non plus et Sydney n'était pas sûr d'organiser les jeux Olympiques de l'an 2000. Au début des années 1990, le quartier de Concord où ils avaient joué leur match et où se dresserait plus tard le stade olympique de Homebush était encore une friche. Il n'est pas beaucoup plus vivant aujourd'hui mais au moins il y a ce stade gigantesque et des hôtels pour touristes autour.

Chris, David, Bruce et Alan avaient pris le train avec leurs camarades après le match, les douches malcommodes et les premières libations. Un pack de bière était miraculeusement apparu d'on ne sait où. Ensuite, ils étaient descendus à Central Station et ils étaient remontés à pied vers le centre, Oxford Street et finalement King's Cross, les quartiers du sexe. Dans la foule ils s'étaient appliqués à semer le reste de l'équipe, même si l'ambiance était cordiale avec la douzaine d'autres pendant le trajet en train. La victoire a ce mérite, celui d'effacer les querelles habituelles et les mésententes au sein d'une équipe. Jangtsee n'avait pas été difficile à perdre puisqu'il devait rester pour régler quelques problèmes avec les officiels. Autant dire que la cérémonie de remise du trophée avait été expédiée en deux temps trois mouvements. Les trente joueurs, ceux des deux équipes, étaient bien d'accord là-dessus.

A King's Cross, ils avaient réalisé que tout cet étalage n'était pas fait pour eux. Ils n'étaient pas des gogos, des touristes et ils n'envisageaient pas de rester coincés comme des imbéciles sur les sièges en velours des peep-shows pour regarder des professionnelles se déshabiller avec une lenteur exaspérante. D'ailleurs ils n'avaient pas assez d'argent. C'était bon pour leurs fermiers de paternels, pas pour eux. Et encore les fermiers en question auraient directement poussé les portes des bordels coquets des rues adjacentes dont les lumières rouges au-dessus de la porte ne laissaient planer aucune ambiguïté.

Soit quatre jeunes adultes venus de la campagne, assez mal dégrossis, habitués à l'alcool, pas encore imbibés à cette heure-là mais de toute façon fort mal élevés. Ils n'avaient qu'une idée en tête, trouver des filles et même plusieurs si possible. Ils s'étaient vite rendu compte que la tâche serait difficile, qu'ils n'avaient ni voiture ni logement. Ils n'étaient pas très loin de renoncer et de se consoler en ce bourrant la gueule à mort. Mais ce soir-là le monde leur appartenait, ils venaient de faire gagner, à eux seuls, leur équipe dans l'une des plus difficiles compétitions du monde universitaire. Un joint qu'ils s'échangeaient depuis un moment, depuis qu'ils avaient renoncé à entrer dans les cabarets et qu'ils s'étaient assis sur un trottoir de Victoria Street, avait relancé leur optimisme.

Après, portés par les effluves du pétard et les effets euphorisants de la victoire toute proche, ils avaient croisé pendant des plombes au milieu de la foule. Enfin des plombes, pas vraiment, parce que le hasch distend les heures et les rapetisse à loisir. La nuit de ce jeudi soir était devenue soudain beaucoup plus chaude, pour eux, sur ces rivages-là. Pas encore la cohue du week-end mais déjà beaucoup de jeunes branchés ralliaient le quartier gay dans leurs Corolla dernier cri ou leurs nouvelles Mazda. Les voitures japonaises avaient définitivement détrôné les européennes dans toute l'Australie. Les Austin et autres coupés Triumph n'étaient plus que des souvenirs avant de se transformer en objets de collection. Le marché australien se laissait doucement absorber par l'Asie, les Holden étaient les derniers vestiges d'une production patriotique. Sur les trottoirs d'Oxford Street, nos garçons voyaient passer des dizaines d'homosexuels qui se tenaient par le cou et s'embrassaient en plein jour. La gay attitude avait envahi depuis peu tout le quartier. Jeans et cuir étaient obligatoires dans le périmètre autour de Taylor Square emporté par cette nouvelle vague de liberté qui inquiétait les milieux conservateurs.

Les quatre voyaient tout cela, enregistraient toute cette frénésie sexuelle dans les retombées de la fumée de leurs cigarettes aromatisées. Cela poussait leur excitation à blanc, aiguisait leurs désirs. Ils étaient allés dans un porno shop qui avait vitrine sur rue et les revues qu'ils avaient feuilletées, homos et hétéros, avaient encore ajouté à leur frustration.

Finalement ils étaient entrés de justesse au *King's*, une boîte mixte sur la rue principale où, à minuit, ils avaient tout de même dû faire la queue. Les videurs ne les auraient pas laissés entrer s'ils n'avaient pas été accompagnés. Pas quatre gamins seuls. Mais dans la file d'attente ils avaient blagué avec deux filles et ils avaient fait semblant d'être ensemble. Les cerbères avaient laissé passer tout le groupe.

Les deux adolescentes avaient bien vu que ces quatre-là venaient de province et qu'ils avaient l'air empoté mais leur carrure athlétique ne leur avait pas échappé non plus. Ils étaient bien plus sexy que leurs amis des quartiers élégants de Vaucluse et de Balmoral, leurs petits copains habituels. Et c'était bien pour s'amuser qu'elles étaient venues au *King's* ce soir-là.

Les deux filles s'appelaient Laura et Loreen. Elles n'étaient pas sœurs, elles avaient six mois de différence et beaucoup de similitudes dans les vêtements et la manière de se tenir. A l'époque, toutes les filles ne portaient pas encore du noir pour sortir en boîte. Pas encore de nombrils à l'air, pas de piercings sur les lèvres, le nez ou les sourcils. Seulement des tenues moulantes dans des couleurs acidulées qui les rajeunissaient et les faisaient ressembler, avec leurs lunettes à monture de plastique, à des Lolitas attardées. Les garçons devenaient hystériques sur la musique disco indémodable entre Cher et Donna Summer. Bruce et Alan avaient commencé à sérieusement flirter avec elles, elles ne disaient pas non, elles riaient comme des idiotes qui auraient pris trop de coke, ce qui était exactement le cas.

Elles avaient une voiture, l'une des deux conduisait. Une Chrysler qui appartenait à leur père ou à leur frère aîné. Elles l'avaient garée dans une petite rue sombre de Darlinghurst, juste en dessous d'Oxford Street. Chaque fille tenait deux mecs par le bras en y allant. Il était déjà deux heures du matin et elles s'étaient trompées de rue, cela les faisait rire aux éclats et les garçons en profitaient pour les tripoter et les embrasser furtivement.

Après, ils s'étaient laissés conduire par Loreen, la plus âgée des deux qui devait juste avoir son permis. Ils avaient longé le rivage vers le nord par Rosebay et Doublebay pour buter sur le dernier parking avant la pointe qui ferme la grande baie de Sydney. Celui, au-dessus de Robertson Park, où les touristes qui viennent admirer les falaises de l'océan Pacifique se garent avant d'aller prendre un verre dans les bistrots abrités de Watson's Bay. A part quelques couples qui s'enlaçaient dans les autos sous l'obscurité des sapins, il n'y avait jamais personne et les rondes de police n'y venaient presque pas à cette époque.

Loreen avait rangé la grosse Chrysler tout au fond du parking, à l'écart de deux autres voitures vides. Ils avaient éteint les phares et la musique. Personne ne pouvait distinguer autre chose que des ombres mélangées. Loreen voulait bien, pas Laura. Elles étaient complètement stone toutes les deux et rien de tout cela ne serait arrivé sans la forte quantité de drogue qu'elles avaient ingurgitée et qui avait servi plus tard à la défense des garçons. Mais Laura avait gardé assez de lucidité pour ne pas accepter plus que des tripotages de Chris et de David. Loreen s'était laissé baiser par Bruce qui avait joui tout de suite et avait laissé la place toute chaude à Alan. Les deux autres étaient excités comme des puces et ils s'étaient branlés sur la banquette arrière pendant qu'Alan s'activait, le pantalon baissé, dans une position fort malcommode.

Les filles étaient blondes décolorées, trop décolorées toutes les deux. Elles portaient des bijoux chers et clinquants que leur avaient offert leurs parents pour Noël. Il y eut un moment de répit dans les odeurs de marijuana, de sueur et de sperme. Malgré les fenêtres qu'ils avaient ouvertes, les six adolescents continuaient de transpirer abondamment en somnolant.

Moins d'une demi-heure après, Alan et Bruce avaient voulu recommencer mais Loreen avait son compte et elle ronflait. Alan avait alors essayé d'enlever sa culotte à Laura. Elle avait commencé à crier en serrant les cuisses. Bruce l'avait tenue par les épaules et Alan étouffait ses cris en l'embrassant de force. Ils étaient tous les trois sur la banquette arrière, Chris et David somnolaient à l'avant, effondrés contre Loreen. Alan bandait de nouveau comme un âne et il avait voulu pénétrer Laura. Mais il était dans une position inconfortable et Laura était moins allumée que sa copine et sans doute moins bourrée qu'eux quatre qui avaient continué à boire des bières au night-club. Elle s'était laissée glisser par terre et d'une poussée désespérée de l'épaule, elle avait réussi à ouvrir la porte et à leur échapper. Leurs mouvements devaient être sacrément ralentis.

A partir de là les versions divergent et personne ne saura sans doute jamais la vérité. La thèse officielle est celle des enquêteurs après des interrogatoires confus.

Le plus probable c'est que Laura s'était échappée de la voiture et enfuie sur le chemin du phare. Bruce s'en foutait, il avait son compte et, avec tout ce qu'il avait bu, il ne souhaitait plus grand-chose. David dormait contre Loreen, avachi sur le volant et il ne s'était pas réveillé à ce moment-là. Laura avait dû commencer à s'enfuir. Alan et Chris lui avaient couru après. Alan savait ce qu'il voulait, Chris sans doute pas. Pendant un court instant, ils n'avaient vu de l'adolescente que le reflet des lumières de la ville dans ses cheveux blonds, fuyant entre les buissons et la pénombre. Mais les deux garçons couraient beaucoup plus vite qu'elle, d'autant qu'elle était pieds nus. Difficile de battre des demis d'ouverture ou des trois-quarts qui de plus venaient de gagner le trophée de leur vie. Et venait, pour Alan, d'en accrocher un autre beaucoup plus banal celui-là mais sans doute encore plus important pour lui, celui qu'il avait arraché de haute lutte à Loreen devant ses copains.

D'après Chris, Alan aurait rattrapé l'adolescente dans la partie découverte, vers les falaises, un lieu qu'on appelle *The Gap*. Il l'aurait plaquée au sol comme il aurait plaqué un avant adverse. Elle n'avait pas crié, seulement un grognement, la seule défense qui lui restait. Quand Chris les avait rejoints, Alan avait déjà sorti sa queue de sa braguette et déchiré le slip de Laura. A la lumière de la lune et parce qu'il commençait à s'habituer à l'obscurité, Chris pouvait voir le tatouage qu'elle portait sur la fesse droite.

Il n'y avait personne autour et les deux garçons s'étaient battus. Chris, qui voulait défendre la fille, avait sauté sur le couple comme on entre dans une mêlée, en poussant le plus fort possible. Laura se serait échappée à ce moment-là et elle se serait mise à courir en remontant la pente, juste pour s'éloigner d'eux le plus possible. La tentative de viol et les substances lui avaient fait perdre tout sens de l'orientation et des réalités. Dans la pénombre elle était incapable de trouver son chemin. Et il n'y avait pas de barrières de protection au bord de la falaise à cette époque-là.

Quand les garçons avaient entendu son cri, ils étaient encore emmêlés l'un dans l'autre. C'est tout ce qu'ils avaient pu entendre d'ailleurs car le bruit de sa chute, une trentaine de mètres plus bas, sur des rochers acérés qui bloquent l'océan Pacifique, avait sûrement été couverte par le fracas des vagues.

Cette version, la plus probable, était celle de Chris, celle qu'il avait encore donnée à John Jangtsee, une des dernières fois où il l'avait rencontré. Officiellement, les deux ados avaient couru dans la nuit pour tenter de retenir Laura qui était soûle et droguée, ce que l'autopsie avait d'ailleurs confirmé. Ils n'avaient jamais nié la partie sexuelle de leur aventure. Loreen non plus, restée dans la voiture pendant le drame, malgré tout l'opprobre qu'elle eut à encourir en venant témoigner. Mais l'autopsie avait aussi montré que Laura, qui venait d'avoir seize ans, était encore vierge. La thèse de l'accident avait finalement été retenue et l'affaire avait été d'autant plus étouffée que les parents des deux filles étaient des personnalités de la communauté de Vaucluse et de Doublebay, les quartiers les plus chic de Sydney. La voiture appartenait au frère de Loreen.

Jusqu'à ce que Chris lui en parle, Jangtsee ne connaissait que la version officielle. Le fait qu'Alan ait été tout près de violer Laura pour de bon était resté un secret pendant des années, un secret entre Chris et Alan. Même les deux autres n'avaient sans doute jamais su exactement ce qui s'était passé. Une chute accidentelle arrangeait bien leurs affaires même si au fond d'eux-mêmes ils n'y croyaient pas vraiment. C'est pour cela qu'ils n'avaient cessé de s'éviter par la suite. Coupables ou non, responsables ou complices, ils savaient bien, tous les quatre, que la mort de Laura ne s'effacerait jamais de leur conscience. Un remords indélébile.

24

LE SPERME DU GRIMPEUR

Je n'ai pas attendu le lendemain matin pour appeler Ange et lui raconter par le menu tout ce que venait de me dire John Jangtsee, sans rien omettre. A Perth il était trois heures de moins et il regardait les infos de la nuit chez lui. Il ne m'a pas interrompu une seule fois. A la fin il s'est contenté de dire :

— Qu'est-ce que ça nous apporte pour le meurtre de Chris-Charlene ? Honnêtement rien.

Comme je restais sans voix, il a ajouté :

— A l'époque, ils n'ont pas été inquiétés par la justice, l'enquête a conclu à un accident, une histoire de beuverie comme il en existe tout le temps. Et les enquêteurs avaient sans doute raison. Il n'était pas nécessaire de gâcher la vie de ses quatre-là en les envoyant en prison.

— Macho !

— Tu sais bien que non, a précisé Ange, mais ils ont eu cela sur la conscience toute leur vie et ils ont été assez punis. Qu'est-ce que tu crois ? Que quelqu'un de la famille de cette Laura se venge des années après ? Qu'Alan, si on le retrouve à son tour, est en danger ou peut-être éliminé ? Non, décidément, je reste sur mes positions.

— Tu ne veux pas que j'essaye de le pister, ce mec-là, Alan Alistair ou plutôt Gary Alistair ? C'est son nouveau prénom maintenant. C'est pour ça que j'ai fait chou blanc dans mes premières recherches.

— J'ai l'impression qu'on perd notre temps.

— J'ai beaucoup de temps à perdre…

J'ai un peu développé ma théorie. Cette connerie de la bande des quatre était en effet une histoire banale qui arrive à toutes les époques. A ce moment-là, les ados buvaient beaucoup d'alcool même très jeunes. Des filles violées, plus ou moins consentantes, qui tournaient autour des équipes de rugby, de footy ou de cricket, il y en avait eu beaucoup. Les troisièmes mi-temps étaient devenues, avec la libération des mœurs, moins fair-play qu'autrefois. Il y a quinze ans, on pardonnait tout aux champions de sport, qu'ils soient nageurs, surfeurs ou joueurs de balle. Ils pouvaient se battre, se bourrer la gueule, abuser des filles même, on leur pardonnait tout du moment qu'ils gagnaient. L'Australie n'a qu'une histoire, celle de ses sports. Ces héros-là étaient des idoles.

Aujourd'hui, le balancier est reparti dans l'autre sens. Les idoles tombent régulièrement sous la curiosité des médias. A la une des journaux, les héros sont maintenant démolis les uns après les autres. Les champions sont pourchassés, harcelés par les journaux people. A la rubrique des faits divers les journalistes n'hésitent plus à dénoncer les débordements du sport et de l'après-sport. Les histoires de gang bang – des filles que se repassent tous les gars d'une équipe dans une chambre d'hôtel après un match – sont maintenant stigmatisées mois après mois. Il est possible que cette dénonciation récente des débordements des sportifs ait donné quelques idées à un proche de l'histoire de la bande des quatre, un proche des victimes par exemple. Car aujourd'hui on déterre aussi des affaires anciennes lorsqu'elles mettent en cause des champions connus. Si ce Gary Alan vit toujours, il est probable qu'il serre les fesses. Ou qu'il a pris les devants s'il a su que son ancien copain Chris allait passer dans une émission de téléréalité. De toute façon, quel que soit le point de vue de mon ami officier de police, j'avais envie de connaître le fin mot de cette histoire.

Ange a cette grande qualité, il sait écouter. Même s'il ne partageait pas mon point de vue, il m'a laissé le développer jusqu'au bout. J'appréciais d'autant plus ce soir que je sentais bien qu'il ne croyait pas à la moitié de mes théories. J'ai vite compris pourquoi lorsqu'il m'a dit :

— J'en sais un peu plus au sujet du sperme retrouvé dans le corps de Charlene.

— Je croyais que tu n'avais pas accès au dossier…

En principe il n'y a pas accès, la police fédérale a pris l'affaire en main. Mais les fédéraux le connaissent mal s'ils pensent qu'ils l'ont mis hors jeu. Ange avait envie de savoir la vérité comme moi et je le soupçonnais aussi de poursuivre d'autres desseins, internes à sa propre maison cette fois. Depuis le temps, il s'est fait beaucoup de relations et quelques amis. Parmi ceux-là, un gars qui travaille au laboratoire central de la police judiciaire.

— Le sperme trouvé sur le corps de la dragqueen, le sperme du gars avec qui elle a baisé la nuit de sa mort pourrait être celui de son copain David Dwight. *Funny, isn't it ?*

Pour la deuxième fois ce soir, je suis resté sans voix. Il y eut un long silence sur la ligne, d'un bout à l'autre du continent. Ange a repris pour m'expliquer :

— Finalement tes élucubrations servent à quelque chose… même si elles mènent à une impasse. Tu penses bien qu'ils ont entrepris quelques analyses au moment où le rugbyman est tombé d'une falaise, quand son corps a été découvert. Ne seraitce que pour s'assurer qu'il s'agissait bien de lui. Personne n'aurait pensé à faire la comparaison si je ne l'avais pas demandée officieusement à mon pote du labo. Un peu par hasard et parce que tu me bassinais avec tes histoires de coupe universitaire de rugby. Et bingo ! A quelque chose près, ce pourrait être le sperme de David. A l'incertitude d'une analyse un peu rapide. Un ADN très proche, il faut approfondir encore, le hasard ça existe aussi. De toute façon je vais être fixé très vite, dans quarante-huit heures tout au plus.

— Mais c'est absurde, il est mort depuis deux ans au moins…

— Je sais, ça paraît impossible mais c'est ainsi. Et s'il n'était pas mort ?

On a encore devisé quelques minutes sur ces absurdités. Je sentais qu'Ange avait envie de dormir. Ses journées étaient grignotées en permanence par un nouveau coup de force des bikers, ces motards qui sont de véritables mafias dans toute l'Australie et qui font encore parler d'elles du côté de Perth. Il m'a dit de le rappeler le lendemain si j'avais de meilleures idées. Il l'a dit sur un ton assez ironique. Même s'il m'avait écouté sans broncher, il trouvait toujours mes théories farfelues.

Au moment où j'allais m'assoupir, il était déjà deux heures du matin bien sonnées, un motard a fait rugir son moteur sous les fenêtres du motel *Best Western* où j'avais trouvé refuge en sortant de chez l'entraîneur. Avant de me rendormir pour de bon j'ai pensé que l'apparente tranquillité de Wagga-Wagga devait en agacer plus d'un. Du coup, j'ai dormi comme une masse.

A neuf heures, j'ai appelé Didier, je m'en voulais de l'avoir laissé tomber aussi sèchement hier matin après notre soirée au *Newton Hotel*. Mon impulsion pour revoir Jangtsee avait été si soudaine que j'avais quitté la maison de Surrey Hills avant même qu'il soit réveillé. Une bonne impulsion puisque j'avais appris beaucoup de choses en vingt-quatre heures. Mais je lui devais des excuses.

— Je me doutais que tu étais reparti sur ton enquête. Justement je voulais te joindre, j'étais en train de chercher ton numéro de portable que j'avais évidemment égaré. J'ai reçu une lettre pour toi.

— De qui ?

— Je n'en sais rien, je ne me serais pas permis de l'ouvrir. Mais elle doit être assez ancienne.

— Pourquoi dis-tu cela ?

— Parce que je l'ai retrouvée par hasard dans la boîte commune. Et comme j'étais absent tout le temps, je ne l'ai vue que ce matin. Veux-tu que je l'ouvre ?

J'ai acquiescé. J'ai entendu distinctement le froissement du papier et ensuite son grognement de surprise. Il a pris son temps, il devait s'y reprendre à deux fois pour vérifier.

— Eh bien, dis-moi, qui… ?

— La lettre est signée Tina.

— Tu déconnes ?

— Non, je te jure que c'est vrai, elle est datée du 12 décembre.

— Alors, laisse-moi calculer.

Le 12 décembre, c'est-à-dire quelques heures avant que la drag-queen soit assassinée dans l'aube poisseuse de Sydney et ensuite transportée ou installée sur la chaise de Mrs McQuarie.

C'était une lettre très courte, juste quelques mots que j'aurais été bien incapable d'authentifier car si je connaissais quelques détails très intimes du travesti, je ne connaissais pas son écriture. Le mot n'était ni chaleureux ni tendre, juste informatif. Tina disait qu'il avait perdu mon téléphone mais se souvenait où j'habitais. De ne pas oublier notre rendez-vous le lendemain à la terrasse du *109*. Qu'il avait du nouveau pour moi. Enfin il pensait qu'il allait en avoir parce qu'il avait rencontré quelqu'un qui tournait autour de Charlene depuis un moment. Robert – Bob – Dwight, “tu sais, le père du grimpeur retrouvé mort”.

Voilà, il avait écrit ces mots que je pouvais lire maintenant de mes propres yeux par la grâce du fax. Devant mon émoi, Didier m'avait aussitôt faxé la lettre au numéro de l'hôtel. Et je pouvais lire “tu sais, le père du grimpeur retrouvé mort”. Voilà ce que m'avait écrit Tina un après-midi de décembre et qu'il m'avait laissé dans la boîte commune à tous les locataires du groupe de maison où vit Didier. La nuit suivante, Tina était mort.

— Nom de Dieu, Didier, il faut que tu la gardes précieusement cette lettre.

— Ça t'avance à quelque chose ?

— Plus que cela, je vais contacter mon copain flic, celui pour lequel je fais cette enquête. Merci pour tout mon bonhomme mais je te laisse, je n'ai même pas le temps de prendre un petit-déjeuner…

Je ne sais pas si j'aurais été tout de suite à la ferme si j'avais réussi à joindre Ange. A son bureau, j'ai appris par sa secrétaire qu'il était parti sur le terrain. Elle a été très désagréable, elle ne devait pas être au courant de ma collaboration avec son patron. Je l'ai appelé plusieurs fois sur son portable mais je butais toujours sur sa messagerie. La sécheresse du ton de la secrétaire indiquait aussi qu'il se passait des choses du côté de Perth. Nouveaux crimes des bikers ? Nouvelles arrestations dans ce milieu-là ? A moins qu'il ne s'agisse d'un rebondissement dans l'affaire d'un businessman très connu qui avait arrosé les membres du congrès de l'Etat. Ange devait marcher sur des œufs car beaucoup de politiques étaient compromis, ils avaient trop trempé leurs doigts dans le pot de confiture. La nervosité au bureau de la police me faisait pencher pour cette dernière hypothèse.

Comme je n'arrivais pas à le joindre, la meilleure solution était de suivre mon instinct. J'ai pris quand même un énorme breakfast, mon excitation m'empêcherait de grossir. De toute façon, avec ma grande carcasse, je parais toujours maigre. J'évite juste de prendre du ventre. Maigre et dégingandé, c'est comme cela que les gens me voient en général. Il faut croire que ça ne leur déplaît pas aux mecs que je drague dans les dunes de la plage de Swanbourne.

Pour l'heure, j'étais loin de ma plage favorite et bien décidé à agir avec ou sans l'accord d'Ange. Je me demandais bien pourquoi j'attendais son avis puisque de toute façon j'avais décidé de retourner à la ferme perdue dans l'immensité du bush. Sur la messagerie de mon pote flic, j'ai laissé un message volontairement laconique, à peu près ceci :

— Qu'on est cons ! On aurait pu y penser dès hier soir. Ce n'est pas le sperme de David qu'ils ont trouvé sur Charlene, mais le foutre de son père,

Robert. Et si on laissait de côté les histoires de drogue, de mafias et même de rugby. Et si mon hypothèse d'un crime passionnel était la bonne…

25

RETOUR DANS L'*OUTBACK*

Une fois en route, les doutes ont commencé à m'assaillir. La première réception à la ferme avait été très chaude, dans tous les sens du terme. Que pouvais-je obtenir tout seul de Robert Dwight sans la moindre mission officielle, sans le moindre mandat ? J'allais me pointer en lui disant que je le soupçonnais d'avoir étranglé une drag-queen dans les dunes de Perth ? Qui plus est un ancien copain de son fils ? Ou lui faire remarquer que le plus pédé des deux n'était pas David qui, au moins, s'assumait au vu et au su de tous, mais lui, le fermier honteux, capable de baiser un travesti ? Et sans capote en plus…

En me voyant revenir, il allait bien se douter que j'avais découvert des choses. Il n'avait pas été loin d'appuyer sur la détente la première fois que je lui avais rendu visite lorsque j'avais mentionné le nom de Chris-Charlene. Qu'est-ce qui avait bien pu le retenir ? Peut-être seulement que mon éventuelle disparition, si j'étais en cheville avec les flics, aurait tout de suite attiré la police dans sa ferme. Bob Dwight était donc tout sauf impulsif. Quelqu'un de capable, même sous le coup d'une forte surprise, de mettre en balance les différents dangers qui le menaçaient. Il m'avait observé longuement, il m'avait embarqué dans sa tournée quotidienne pour surveiller le bétail et tuer les kangourous prédateurs. Au fond, il avait voulu me tester et essayer d'apprendre ce que je savais. Apparemment, j'avais passé le test. Il n'était pas sûr qu'il me donne le temps de le passer une deuxième fois. J'avais glissé mon revolver à la ceinture, chargé cette fois, mais mon petit browning risquait d'être de peu de poids face à son fusil de chasse. En plus, personne ne savait que j'étais parti le voir. Je connaissais le chemin, je n'avais même plus à le demander dans les fermes voisines. Cela ne m'a pas empêché de me tromper encore en tentant de trouver l'embranchement qui mène à sa propriété. Finalement j'ai arrêté la Toyota blanche sur le bord de la route et je suis sorti de l'habitacle climatisé pour me repérer. Le soleil m'est tombé sur les épaules aussi violemment qu'une mêlée de rugby. Je m'y attendais mais la sensation d'avoir posé les pieds sur un barbecue m'a surpris. Ce n'était que les gravillons de la route, la *seal road* comme ils disent ici, où ils ne peuvent pas mettre de l'asphalte sous peine qu'elle fonde tous les étés. J'ai poussé un juron. J'avais aussi l'idée que mon bob rouge était un sèche-cheveux déréglé. Heureusement que je ne le quitte jamais, j'aurais pu être emporté par le choc thermique quand ma tête a pointé hors de la voiture.

Je suis remonté aussitôt et j'ai bien exploré les différents embranchements qui se succèdent sur quelques kilomètres. Je me suis enfin décidé et j'ai su que je ne m'étais pas égaré quand j'ai aperçu le gué. A sec, définitivement. Je me suis approché doucement, sans soulever le nuage de poussière habituel. Je me doutais bien que ces précautions ne servaient pas à grand-chose, il y a si peu de voitures qui viennent à la ferme qu'elles se remarquent aussitôt.

Rien ne s'est passé comme prévu. La ferme n'avait pas bougé, elle paraissait toujours aussi minuscule quand elle surgissait au dernier détour du chemin. Dans cette immensité de collines blondes, le sens des proportions se perd. Tout était calme et j'ai compris tout de suite que j'avais raté Robert Dwight, qu'il n'était déjà plus là. J'ai laissé tourner le moteur encore un peu mais tout était désert, inhabité. Quelque chose n'allait pas, le chien n'avait pas aboyé. Le rotweiller de Dwight qu'il laisse en liberté lorsqu'il s'éloigne et qui doit être capable de tuer un adulte de taille normale, n'était pas à son poste.

Difficile, dans ma position, d'approcher de la maison malgré mes intuitions. Robert pouvait aussi me guetter dans l'ombre. Tout paraissait immobile, tout au moins ce que je pouvais distinguer à travers les fenêtres qui n'étaient pas obscurcies par des rideaux ou des stores. J'étais mal à l'aise. Je suis même allé jusqu'aux toilettes, le petit édicule qui trônait toujours sur le côté de la maison. Quand j'ai ouvert la porte bleue qui donne de plain-pied sur la plaine ondulée et infinie, seul un petit serpent fauve s'est échappé dans les herbes hautes.

Je suis revenu à la maison. Sur le côté, vers les collines, le garage mitoyen était fermé. Dans la cour il n'y avait maintenant aucun véhicule, ni 4 x 4, ni moto, ni pick-up. Cela concourait encore à la sensation d'abandon. Ce n'était sûrement pas la première fois que Robert Dwight s'absentait mais il ne devait jamais laisser la propriété sans surveillance. Celle d'un travailleur saisonnier, d'un autre fermier ou même du chien.

Je me suis dirigé tout de suite vers la cage de l'animal. Même si je m'habituais un peu, la chaleur – supérieure à quarante degrés, peut-être cinquante – ralentissait mon cerveau et perturbait mes neurones. La chaleur est supportable lorsqu'elle ne dépasse pas la température du corps. Au-delà il n'y a que l'habitude ou l'expérience qui peuvent vous sauver mais je n'avais ni l'une ni l'autre. J'avais du mal à réfléchir, une sensation d'irréalité comme si je me voyais d'un peu plus haut essayant de faire bouger mon corps alourdi. Je suis allé jusqu'à la grange, à une cinquantaine de mètres de la maison. La terre du chemin était si aride qu'elle était craquelée et aussi dure que le trottoir d'une grande ville. J'ai pensé que les insectes, eux aussi, étaient terrés en attendant des heures meilleures.

La grange était un bâtiment de bois qui un jour a été peint en rouge. Il n'en restait que des traces carmin sur les planches inégales. Juste un abri et les portes grandes ouvertes laissaient voir le 4 x 4 avec lequel nous avions chassé le kangourou, une moto et un tracteur. Peut-être que le propriétaire ne s'était qu'absenté. Mais le chien ?

Je l'ai vu quand j'ai fini le tour du bâtiment. Il gisait dans son enclos, derrière le mur le plus éloigné de la maison. J'ai vu aussi les insectes et ce qu'ils faisaient. Une nuée de mouches s'activait sur le sang autour de deux plaies à l'encolure et dans le bas du dos. Enorme, brun et noir, sûrement plus grand que moi dans sa longueur étalée. Sa chair avait déjà séché. Les bestioles, des centaines, des milliers, travaillaient à leur œuvre de destruction massive. Sa mâchoire aux lèvres retroussées, tournée vers moi, paraissait si énorme, si blessante que je me sentais mieux derrière les grilles. Elle donnait l'impression que l'animal pouvait encore bondir alors que deux balles de gros calibre lui avaient traversé le corps de part en part. D'un peu loin, il paraissait presque intact mais en approchant j'ai vu la nature à l'œuvre et son travail de mort. Dans quelques jours il ne resterait qu'une peau séchée sur les os. Pour l'instant les insectes avaient encore du boulot, le chien avait dû être abattu quelques heures auparavant. J'étais du bon côté du vent et l'odeur de pourriture ne m'a assailli qu'ensuite, par rafales. Robert avait-il lui-même abattu son chien avant de s'enfuir ?

Je dois le dire en toute sincérité, je me sentais moins oppressé sans la menace du chien des Baskerville. J'ai voulu revenir à la maison et tenter de comprendre quelque chose avant de rebrousser chemin. A partir de là tout s'est enchaîné.

D'abord j'ai remarqué que la porte de l'entrée avait été forcée puis refermée. Cela ne prouvait pas grand-chose. L'amabilité de Robert Dwight avait dû lui valoir d'autres inimitiés et quelques tentatives d'effraction. Après, j'ai vu qu'il y avait des interstices dans la porte du garage adjacent et je me suis approché sans bruit, ce qui était idiot car au fond de moi-même je savais bien qu'il n'y avait plus âme qui vive à des kilomètres à la ronde et que je n'étais qu'un minuscule point perdu au milieu de l'immensité de l'*outback*. A l'intérieur j'ai aperçu des formes. D'abord celle du vieux pick-up qui était garé dans la cour la dernière fois. J'ai ramassé un morceau de fer qui traînait et j'ai élargi l'interstice. J'ai vu distinctement le véhicule dans une semi-obscurité. Effondré sur le volant il y avait la silhouette d'un homme aux cheveux blond-roux, un peu trop longs. Son visage était à moitié caché de l'endroit où je me trouvais mais j'ai bien reconnu le propriétaire des lieux.

Je n'ai pas eu le temps de vérifier. Alors que je m'éloignais pour trouver un outil plus conséquent, le téléphone a sonné dans la maison. C'était si incongru, cette sonnerie soudaine, dans l'atmosphère cotonneuse et écrasante de midi que je n'ai pu m'empêcher de faire un bond. Comme si la maison elle-même s'était remise à vivre, comme si je n'étais pas le seul être vivant sur toute l'exploitation.

Et puis la sonnerie s'est arrêtée et il y eut comme un grésillement, comme si quelque chose allait surgir. En réalité il y eut aussitôt un souffle énorme. J'ai compris et j'ai foncé jusqu'à ma voiture. C'était le feu qui soudain, dans un seul élan, embrasait tout l'édifice.

Je n'ai pas vraiment réfléchi, j'ai mis le moteur en marche, je n'ai pas accéléré trop vite pour ne pas laisser sur le sol des traces de dérapage. Je me suis éloigné le plus possible. De toute façon je ne pouvais plus rien pour Robert Dwight. Même s'il n'était pas mort une minute plus tôt dans l'habitacle de son pick-up, il se consumait maintenant dans le brasier. Il y eut une explosion, probablement le réservoir d'essence de la camionnette. L'incendie, que le vent poussait vers la grange, risquait de dévaster jusqu'aux mauvaises herbes séchées et s'étendre à toute la propriété. Sûrement ce que cherchaient ceux qui l'avaient provoqué. Ils avaient tué le rotweiller et neutralisé le fermier. L'avaient-ils simplement assommé ou déjà assassiné ? Peu importe, la silhouette que j'avais aperçue dans le garage, au volant de la voiture, ferait croire qu'il avait tenté de s'enfuir ou de sauver son matériel. Et qu'il n'avait pas pu s'échapper. C'était malin. Le ou les assassins avaient agi à distance avec une simple connexion téléphonique.

Certes, j'avais entendu la sonnerie et j'avais vu ce qui en était résulté. Certes, j'étais présent sur les lieux au moment où le mécanisme meurtrier s'était déclenché et j'aurais pu en témoigner. Mais comment pouvais-je justifier ma présence sur le lieu du drame ? Comment aurais-je pu expliquer à n'importe quel flic que ce n'était pas moi qui avais joué les pyromanes ? Ni donc tué Dwight ? Ou simplement que je n'avais pas laissé tomber un mégot dans le jardin surchauffé ? Sans compter que j'avais risqué ma vie, il s'en était fallu de peu, j'aurais pu être à l'intérieur du garage à l'instant du coup de téléphone.

J'avais intérêt à filer vite fait. Je me suis retourné une dernière fois. Au moment où les maigres eucalyptus du virage allaient me le cacher, l'incendie prenait des proportions impressionnantes. Deux minutes après j'avais déjà passé les gués, regagné la grand-route et pris la direction opposée. Les dispositifs de surveillance très au point dans ces régions menacées n'allaient pas tarder à se mettre en branle. Personne ne m'a vu sortir du chemin privé. Je n'ai croisé les premières voitures, les premiers camions qu'à mi-chemin de Wagga-Wagga. Avec cette chaleur, peu de monde circulait à cette heure-là. Au même moment j'ai entendu le bourdonnement d'un avion qui se dirigeait vers la colonne de fumée visible à des kilomètres à la ronde. Ma Toyota anonyme était déjà loin. Quand ils parviendraient à arrêter le feu, le corps de Robert Dwight, celui de son chien et les carcasses de ses véhicules ne seraient plus que tas de cendres.

26

HYPOCRISIE TÉLÉVISUELLE

Deux jours plus tard, j'étais assis à la terrasse d'un bistrot de Sydney, au cœur de le City, en face de Judy Lemming. Elle avait été surprise de me voir quand j'étais allé directement la demander à la réception de sa chaîne de télé à Martin Place. Mais elle n'avait pas refusé de me parler. Je lui avais proposé de prendre un café à côté, elle était évidemment débordée, c'est ce qu'ils disent toujours dans ces métiers-là. Mais elle était venue tout de suite. Aussi séduisante que dans mon souvenir, y compris le petit je ne sais quoi de vulgaire, la blondeur exagérée de ses cheveux ou le sourire entendu, à la limite du rictus, quelque chose qui indiquait qu'elle serait toujours l'égale des hommes. Ce devait être le cas dans son job et d'ailleurs elle portait un tailleur strict bleu-noir sur un chemisier blanc, l'uniforme de la City.

— Vous avez du nouveau ?

Elle prenait les devants mais je n'avais aucunement l'intention de l'informer de mes découvertes. Elle s'était un peu foutue de moi la dernière fois, je m'en étais douté, maintenant j'en étais sûr. D'ailleurs dans cette affaire, je me rendais compte que tous mes interlocuteurs m'avaient menti les uns après les autres et pour des raisons très différentes. J'étais agacé de n'avoir pas tout de suite détecté où et quand ils avaient usé du mensonge.

John Jangtsee pour commencer. Je peux comprendre qu'il n'ait pas tenu à me parler de ses rencontres récentes avec Chris, il avait le droit de considérer cela comme des éléments de la vie privée de l'ancien joueur. Une fois son ancien élève assassiné, il n'avait pas non plus envie que les flics débarquent chez lui. Mais je n'étais pas flic, je lui avais bien expliqué, je voulais seulement qu'on n'oublie pas trop vite Chris. Alors pourquoi m'avait-il caché l'histoire de leur dérapage après la coupe universitaire ? Comme s'il y était pour quelque chose.

Pour le père de David, cela s'expliquait mieux. J'étais arrivé chez lui avec mes gros sabots. J'avais débarqué sans prévenir dans sa ferme en cherchant à me renseigner sur le même Chris-Charlene. Je savais maintenant, par le mot de Tina, que Robert Dwight tournait autour de la drag-queen depuis quelque temps déjà. Son sperme retrouvé sur lui prouvait que ce n'était pas seulement à cause des recherches sur son fils disparu en montagne. Il est probable que Robert avait rencontré Chris à ce propos. Que s'était-il passé ensuite entre eux ? Quelle attirance avait joué ? Quels liens s'étaient tissés ? Personne ne le saura sans doute jamais car personne, en dehors d'Ange et de moi, ne fera le rapprochement. Et maintenant que Robert est réduit à un tas de cendres – comme son fils – à quoi cela servirait-il ? J'avais d'autres idées. Quelque chose me trottait dans la tête, une phrase plutôt. Celle qu'avait prononcée Robert Dwight lors de ma première visite. Quand j'avais dit que j'enquêtais sur la mort de Charlene, il avait répondu d'une manière sibylline : "*Shit*, ils vont tous y passer" ou quelque chose d'approchant. Lors de ma seconde visite j'étais arrivé trop tard pour savoir exactement ce qu'il entendait par là.

Et maintenant j'étais en face de Judy Lemming et je réalisais qu'elle aussi m'avait menti. Je venais de la mettre succinctement au courant de deux ou trois choses, notamment des liens précis de Chris avec le milieu du rugby et elle m'a dit :

— C'est ça qui m'intéressait le plus. Ce n'est pas tous les jours qu'un international de rugby gay se transforme en drag-queen le soir et se produit dans les cabarets. Et qui est prêt, en plus, à raconter sa vie.

— J'avais bien compris, merci. Mais vous n'aviez pas l'air de savoir grand-chose de sa carrière et surtout de ses premiers pas en compétition, notamment de la victoire de son équipe de Wagga-Wagga à l'époque de l'université.

— Si, je le savais, je vous l'avais dit…

— Mais pas que ses copains et lui avaient fait une grosse connerie juste après ?

— Je le savais aussi. J'en avais parlé avec leur entraîneur sans que Chris-Charles Parker le sache. Cet homme, Jangtsee, m'avait tout raconté.

Je n'ai rien trouvé à lui répondre. Nous sommes restés face à face sur cette terrasse. Son visage n'avait plus la moindre trace de cette culpabilité à laquelle elle avait voulu me faire croire. Son expression n'était plus celle d'une journaliste fonceuse et écervelée, s'interrogeant sur les conséquences de son action, mais celle d'une décideuse sans scrupule. Elle m'avait menti, elle aussi. Elle n'était venue me voir que pour me soutirer quelques renseignements, elle voulait savoir ce qu'avait découvert la police. Elle espérait l'apprendre par moi, par la bande. Savoir si la mort de Charlene risquait de remonter jusqu'à la préparation de son émission et peut-être en perturber le bon déroulement.

Autour de nous, en plein cœur de la city de Sydney, il y avait un curieux mélange. Aussi bien des touristes habillés n'importe comment dans des couleurs acidulées que des porteurs de costume foncés. Mais il y avait suffisamment de monde pour qu'elle puisse me parler sans baisser le ton.

— Vous savez, je ne suis pas un service social. Je travaille pour une entreprise de divertissement. J'ai eu l'idée d'un programme qui pourrait exploser l'audimat. Avec toute la pub que cela peut générer. Le programme va aboutir, mais sans Chris. C'est déjà une grosse perte. Je ne veux pas, en plus, que sa mort perturbe le bon déroulement de l'émission.

— Cela se pourrait ?

— Plus maintenant, je ne crois pas.

— Vous n'en êtes pas sûre ?

— Vous savez bien que d'autres meurtres ont suivi celui de Charles Parker. L'autre drag-queen, la mort suspecte du camionneur…

— Vous la trouvez suspecte, contrairement à ce que dit la police ?

— Pas vous ?

Un type s'est levé derrière Judy. Il parlait à un autre costume sombre. Il était tellement absorbé par sa discussion qu'il a bousculé la productrice et qu'elle a renversé sa tasse de café. Le type est devenu tout rouge mais au lieu de protester Judy a aussitôt repris son air séducteur pour engager la conversation avec lui, plaisanter, le remettre de son émotion et finalement l'emberlificoter. Elle a vivement essuyé la tache de café sur son sac. Quand elle s'est retournée vers moi, son sourire avait déjà disparu.

Moi, je voulais juste en savoir un peu plus.

— Vous comptiez évoquer dans l'émission l'histoire de la coupe universitaire et ce qui s'en est suivi ?

— Forcément. L'histoire était trop extraordinaire. Deux d'entre eux étaient déjà morts. David Dwight avait été à la une des journaux pendant deux ans, on venait juste de découvrir son corps.

— Chris était d'accord ?

— Non mais nous lui aurions fait la surprise.

— Quelle surprise ?

— De rencontrer en direct pendant le prime time le dernier du quatuor, Gary, celui qui s'appelait à l'époque Alan.

— Vous l'avez retrouvé ?

— Je n'ai pas eu à le chercher. Gary Alistair est un producteur de télé. Il travaille en Nouvelle-Zélande. Nous avons collaboré sur des séries documentaires.

Tout cela me dégoûtait profondément. J'ai continué à parler avec elle et je n'en avais plus envie. J'étais bien obligé si je voulais poursuivre mon enquête et peut-être même aboutir à quelque chose. J'étais dégoûté et je me dégoûtais. Pour parvenir à mes fins, j'ai bien dû cette fois lui donner des gages moi aussi, c'est-à-dire presque tous les éléments de mes recherches.

Nous agissions comme deux maquignons. Donnant-donnant, *tit for tat*. Ce devait être comme cela que chaque jour elle emportait des contrats, qu'elle arrachait des idées à des créateurs, qu'elle déterrait des secrets de famille à des victimes consentantes qui plus tard verraient leur vie dévastée par la lumière des projecteurs. Je trouvais le sourire de Judy Lemming de plus en plus vulgaire et je ne regrettais pas de l'avoir traitée avec un certain mépris la première fois à Palm Beach. Pour l'instant, rien n'était sorti dans la presse. Au fond de moi j'espérais bien qu'un jour – grâce peut-être aussi à mes découvertes – un retournement de situation viendrait perturber les ambitions sans limites de Miss Leming.

27

LE CRACHIN D'AUCKLAND

Les trajets en avion sont propices au ressassement. Entre Sydney et Auckland, pendant les trois heures que dure le vol, je n'ai fait que cela. Ils m'avaient tous menti et je les avais cru naïvement. J'avais accompagné les événements au lieu de les précéder. Etait-ce un signe de vieillissement ? Une perte de mes réflexes ? J'étais parti content de moi, pensant aider Ange et j'avais maintenant l'impression d'avoir accéléré les événements. Les corps tombaient autour de moi et je ne découvrais que des histoires anciennes de disparitions inexpliquées. Tina, le gentil travesti yougo, était devenu la drag-queen qui en savait trop. Robert Dwight était parti en fumée avant de me livrer sa version des événements. Même l'horrible camionneur, celui qui m'avait tabassé pour que je lâche prise, avait fini écrasé par son camion. Peut-être que John Jangtsee était lui aussi dans une mauvaise passe. Restait le mystérieux Gary Alan, toujours vivant aux dernières nouvelles mais qui avait maintenant toutes les raisons de s'inquiéter. A moins que…

A moins que je n'arrive trop tard encore. J'avais perdu du temps, pas pris assez d'initiatives, trop suivi mon instinct. La faute sans doute à cette période d'inactivité de plusieurs mois, bientôt plusieurs années, où se complaisait ma bonne fortune. J'en profitais pour me laisser vivre dans l'oasis oubliée de Perth entre baignades dans les vagues de l'océan, parties de golf au crépuscule et rencontres ensoleillées dans les dunes. Ou dans l'obscurité du sauna les jours de pluie. J'avais bien quelques copains mais personne dans ma vie. J'avais largué les amarres depuis longtemps avec l'Europe, avec mes attaches. Depuis trop longtemps sans doute. Je vieillissais sans m'en apercevoir dans une atmosphère cotonneuse.

Mais quoi ? Mais pourquoi finalement ? Je n'avais pas été capable de m'attacher à quelqu'un, seulement des enthousiasmes de quelques jours, des dîners à deux trop arrosés et des sommeils trop lourds après. Pour une nuit seulement. Le seul qui m'avait fait battre le cœur c'était le jeune David il y a quelques mois. Lorsque j'avais fini par me convaincre de mon attachement, il était parti outre-mer juste avant que la police ne l'arrête. Et je ne l'avais plus jamais revu. Depuis, je courais après des courants d'air et des plaisirs minuscules. Mais ma vie ?

C'est le propre de Perth et de beaucoup de ses habitants. La vie y est si douce, si monotone et si languissante qu'on s'y laisse happer sans réagir. Quand on s'en aperçoit, le meilleur du temps est passé, l'âge aussi. On ne peut rien regretter, c'était si bien. Un monde sans histoires, tout le contraire du bruit et de la fureur que montre la télé dans ses programmes, ses documentaires et ses journaux télévisés. A Perth le monde paraît lointain et fictionnel. Heureusement il y a mon pote Ange et ses problèmes concrets. Il me donne parfois des raisons de m'agiter. Il me rappelle que la violence existe, qu'elle est partout et il me permet de mesurer ce qui nous en sépare. La violence des mafias par exemple, celle des bikers. Mais aussi la violence des idées, le racisme latent, l'homophobie épaisse. Perth est à l'image de ses banlieues, uniforme, propre, antipédé, familial et mortel. Ange m'évite de succomber à sa douceur empoisonnée.

J'avais pris le *Sydney Herald* à l'aéroport. Les nouvelles ressemblaient aux programmes télévisés concoctés par Judy Lemming, ses acolytes et peut-être Gary Alistair vers qui je me dirigeais maintenant. La guerre en Irak alternait avec des photos de la nouvelle bague de Nicole Kidman. Le lecteur était entretenu dans une fiction qui ne rejoignait la réalité que lorsque des individus moyens en tout, ceux qui ne seront jamais des people, racontaient leur drame en dix lignes, pour un quart d'heure de célébrité. La réalité du monde se diluait dans la littérature de gare et dans les contes pour adultes sur les idoles du moment.

Auckland était triste le lendemain matin, comme d'habitude, à cause de la pluie qui assombrissait son ciel et mon humeur. Je n'avais pas besoin de cela mais je m'y attendais. Le vent faisait battre les auvents des bistrots du port de la Coupe de l'America, Viaduct Basin. Les yachts qui se sont disputés l'aiguière d'argent sont partis depuis longtemps mais les cafés sont restés et le vent qui balayait les quais donnait de la vie à la tristesse.

Je suis allé demander directement Gary Alistair à son bureau de Channel 3, sous la Sky Tower, au cœur de la ville, au coin de Victoria Street et d'Hobson Street. Je me suis présenté comme un producteur français travaillant pour *Point du jour*, une société de production, en disant que j'avais un projet à lui présenter. L'assistante m'a fait poireauter à la réception pendant dix bonnes minutes puis elle est redescendue pour s'excuser. Elle était brune, un peu forte, un charme mélancolique, à cause de ses cheveux longs et de son sourire désolé. Elle devait avoir un peu de sang maori, elle parlait avec douceur.

— Gary Alistair n'est pas là pour l'instant. Il voyage beaucoup.

— J'aurais aimé le rencontrer avant de repartir, je reste très peu de temps, je crois que c'est un projet qui va l'intéresser.

— Comment avez-vous eu l'idée de venir le voir ?

Dès ce moment-là j'ai eu l'impression qu'elle ne croyait pas à mes mensonges. Elle devait renvoyer beaucoup d'importuns de la même manière mais ils viennent rarement d'aussi loin que la France. J'avais tout prévu :

— Une amie m'a communiqué ses coordonnées. Une Australienne, Austin Blur.

Quand j'avais rencontré Judy Lemming je m'étais renseigné sur ses programmes et ceux qui y participent. Le nom de cette fille, qui existe réellement, pourrait accréditer ma thèse pendant quelques heures. Si j'avais cité le nom de Judy directement, Alistair aurait pu lui téléphoner et m'éconduire aussi vite. L'assistante est restée sur ses positions :

— Je ne sais même pas où il est en ce moment.

— A Auckland ?

— Non, il est à l'étranger, mais il n'arrête pas de bouger pour suivre des productions en cours. Avec le type de documentaires qu'il produit, les animaux, le désert, c'est normal. Ça se passe souvent dans des endroits inaccessibles.

Son sourire triste.

Après j'étais dans un des cafés de Viaduct Basin à regarder la pluie tomber de biais et les rafales emporter quelques papiers qui traînaient le long de l'alignement des yachts. Je n'allais pas m'arrêter à la première rebuffade, d'ailleurs je m'y attendais. Il y avait peu de chances qu'Alistair me reçoive à la première tentative. S'il était aussi impliqué que je le croyais, il avait toutes les raisons de m'éviter. Mais cette fois je ne comptais pas lâcher ma proie. La seule chose que je redoutais c'est qu'il passe de vie à trépas au moment où j'allais m'approcher de lui.

J'ai laissé un message rassurant à mon copain flic à Perth. J'ai téléphoné à un autre pote, Arthur, qui travaille aux services centraux de Qantas. Il a accès à toutes les données de la compagnie aérienne, il pourrait peut-être retrouver des traces des voyages de

M. Alistair. Et j'ai fini dans un café Internet tranquille près des quais où les drisses métalliques tintinnabulaient sur les mâts. J'avais quelques recherches à mener sur la production audiovisuelle néo-zélandaise, ses protagonistes, son mode de fonctionnement, ses ventes à l'étranger. Sur les coproductions franco-néo-zélandaises aussi. J'étais parti trop vite à l'attaque ce matin. J'aurais été un peu court si Alistair avait poussé l'entretien de ce côté-là. La prochaine fois je serais paré. J'ai ainsi appris que mon homme était un producteur très productif. Sur ma lancée j'ai continué à fouiller sur le rugby, les débordements récents, les scandales de gang bang et les viols de filles. J'ai fait des rapprochements, je n'ai pas perdu mon temps, je me suis reproché de n'avoir pas fouiné plus tôt de ce côté-là.

Il pleuvait toujours sur la ville et l'après-midi était bien avancé. Par acquis de conscience j'ai rappelé l'assistante d'Alistair à Channel. J'ai deviné son sourire triste quand elle m'a dit, au bout du fil, qu'elle n'avait toujours pas de nouvelles de son patron. La foule des salariés cognait ses parapluies ouverts, colorant la city de centaines de points minuscules aux trajectoires aléatoires. Je n'avais pas de pépin et aucune envie de me faire rincer avant de rentrer tristement à mon hôtel et de dîner seul comme un malheureux. Je ne connaissais pas trop la vie gay d'Auckland mais il est facile de trouver l'adresse des saunas. Je comptais sur les sorties de bureau et j'ai choisi le sauna le plus central.

J'ai failli rentrer bredouille et morose. En milieu de semaine les habitants d'Auckland n'ont apparemment pas envie de se détendre. Ou ils vont ailleurs. Le sauna était trop grand et semblait vide. Mais j'ai failli seulement. Encore une fois ces petites rencontres de hasard ont le pouvoir de m'étonner et de me poser d'éternelles questions sur la nature humaine, le désir, le sexe et la vie en général.

Je barbotais quasi seul dans le bain à remous. J'essayais de ne penser à rien, je laissais mon corps cuire à feu doux, se détendre, sentir la chair devenir molle, sans crispation. J'y suis presque parvenu. Evidemment il y avait tout de même quelques regards, quelques silhouettes dans les couloirs et les labyrinthes obscurs. Quelques types aussi dans les salles de vidéo où des mecs plus jeunes s'enculaient sur les écrans. Côté style, c'était mature comme ils disent dans les pays anglo-saxons, pas trop vieux quand même mais plutôt viril. Genre jardiniers célibataires et travailleurs de chantier. Et sans doute quelques hommes d'affaires sortant du bureau. Quelles affaires, c'est une tout autre histoire et je n'allais pas le leur demander, il y a des choses qui ne se font pas dans ces endroits-là.

Mais depuis un moment deux jeunes me tournaient autour. J'avais l'impression qu'ils étaient déjà bien allumés et j'ai eu peur qu'ils soient complètement stone. Que leur intérêt pour ma vieillissante carcasse dégingandée soit altéré par les substances euphorisantes. L'un était petit, mince et svelte avec une peau d'Européen exposée trop longtemps au soleil. Son copain paraissait un peu plus âgé, un peu lourd, maori peut-être, sûrement des îles en tout cas, aucun poil, à peine quelques cheveux raides sur le pubis. Ils avaient un côté étudiants attardés qu'on s'attend plutôt à trouver dans un bar avec une musique techno à déchirer les tympans.

Ils avaient l'air d'insister. J'ai toujours du mal à croire qu'un jeune mec ait envie d'un type dont les chairs, malgré le sport, les soins et l'hygiène méticuleuse, s'alourdissent inexorablement. Je n'arrive toujours pas à comprendre que c'est cela qui leur plaît, cette maturité, ces corps en train de s'abandonner. C'est pourtant beaucoup plus fréquent qu'on ne le croit. Le plus jeune m'a dragué. Il s'est installé à côté de moi dans une salle de vidéo. A la seule lumière électronique je l'ai vu enlever sa serviette et commencer sa manœuvre. J'ai vu l'ombre de sa tête se tourner vers moi. Après j'ai compris qu'il ne voulait rien faire sans son copain. Ils me proposaient un package avec leur sourire désarmant. J'ai fini par céder à leurs avances. J'ai oublié la pluie, la fiction du monde et mes ressassements de l'avion. Le plaisir a chassé la bruine et les idées noires. J'ai su après que le plus mince travaillait pour Qantas au bureau d'Auckland.

— Tu connais Arthur V. ?

— Il est à Sydney n'est-ce pas.

— Oui, il bosse aux réservations ou quelque chose comme ça.

— Je l'ai déjà rencontré, mais pas à Qantas.

Small World. Il avait dit cela avec un sourire coquin. J'avais une bonne raison de rappeler, aussitôt sorti, mon pote Arthur. Le monde gay est un petit monde.

Arthur allait quitter son bureau de Sydney où ils ont trois heures de retard sur la Nouvelle-Zélande. En fait, je n'ai pas osé lui parler de mes compagnons du soir, je les avais laissés derrière moi, j'avais peu de chances de jamais les revoir. Arthur m'a demandé :

— Est-ce qu'il pleut toujours à Auckland ?

— Gagné.

— J'ai pour toi une bonne et une mauvaise nouvelle.

— Commence par la bonne, j'en ai peu en ce moment.

— Gary Alistair a beaucoup voyagé entre Sydney et Auckland. Presque une fois par semaine depuis deux mois. Enfin un type qui porte ce nom-là. Et qui prend presque toujours le vol Auckland-Sydney à onze heures. Je n'en sais pas plus sur lui, mais j'ai ça. Et si tu veux le voir, tu vas finir par y arriver car il est rentré avant-hier par le vol Qantas à dix-huit heures.

— Pas mal. La mauvaise ?

— Aucune trace de lui sur les vols intérieurs australiens. Si c'est une personne normale et s'il a voyagé, j'aurais dû trouver la même identité dans les listes. Mais entre la Nouvelle-Zélande et l'Australie, il doit montrer son passeport, donc il est obligé de voyager sous son vrai nom. Ici il peut très bien en prendre un autre s'il veut être discret et il y a de fortes chances qu'on ne lui demande rien, du moment qu'il a le billet.

— Peut-être qu'il n'a pas bougé de Sydney ?

— Peut-être. C'est qui ce type ? m'a demandé Arthur. Il est gay ?

— Un producteur à la télévision néo-zélandaise. Il est australien je te l'ai dit. Enfin il l'était, il y a quelques années. Il est possible qu'il ait la double nationalité.

— Qu'est-ce que tu lui veux ?

— Je lui ai proposé des documentaires. Par exemple sur les drag-queens.

— On en a tellement vu... !

— Mais pas sous l'angle où je les vois moi.

— Quel angle ?

— Trop curieux mon ami...

Je pouvais inventer n'importe quoi mais je ne pouvais pas lui dire que je ne m'intéressais qu'aux drag-queens mortes. Celles qui se font assassiner.

Donc Gary Alan m'avait éconduit. Se doutait-il que j'avais des questions gênantes à lui poser ? Il avait raison d'être sur ses gardes puisqu'un de ses vieux copains de rugby qu'il venait juste de revoir, avait été tué.

Ma chance, c'est mon obstination. A moins que mon obstination provoque la chance. Je me suis obstiné. J'ai fouillé, téléphoné, questionné les services officiels, les pages Internet et les relations personnelles. Ce sont sûrement celles-là les plus fructueuses. J'avais compris que je ne devais pas trop insister auprès de l'assistante au sourire triste et j'ai fini, par d'autres moyens, par dénicher son adresse personnelle.

Gary Alan habitait dans le quartier de Devonport, une banlieue résidentielle en face du port, de l'autre côté de Waitemata Harbour. Très facile d'y aller par le ferry, interminable en faisant le tour en voiture dans les embouteillages malgré le nouveau pont. Au 12, Clarence Street, un peu en retrait de la mer et du centre. Une rue calme. La villa, assez petite, était masquée par deux grands lauriers roses, ce qui ne m'arrangeait pas car les lauriers étaient en fleur et ils se dressaient comme un mur opaque. Je n'avais pas d'autre point d'observation. De la porte, en me hissant sur la pointe des pieds, je n'apercevais que les fenêtres de l'étage et le toit. Tout était très soigné, y compris le bout de pelouse extérieure sur le trottoir mais tout semblait vide. Pas de garage, pas de voiture. J'ai sonné plusieurs fois mais personne ne m'a répondu. Rien ne bougeait. Pourtant, à ma connaissance chercheuse, Gary ne vivait pas seul.

La pluie s'était arrêtée de tomber cet après-midi-là. Il y avait dans l'atmosphère une sensation d'humidité tiède. Le vent avait chassé les nuages gorgés d'eau. Les lauriers frissonnaient, s'ébrouaient. Je ne pouvais pas rester planqué devant chez lui, les voisins m'auraient tout de suite regardé d'un œil soupçonneux. Le genre de quartier où un étranger est vite repéré. Surtout un grand mec comme moi avec un imperméable et un chapeau carmin. Une sorte de bob siglé d'un club de golf évidement. Et comme je ne pouvais pas rester à surveiller sa maison, j'ai décidé d'aller jouer neufs trous au Waitemata Golf Club. D'ailleurs je n'étais même pas sûr qu'il habite encore là.

Cela m'a fait un bien fou. En début d'après-midi un jour de semaine, ce parcours de ville avait tout le charme des golfs anglais où l'on est accueilli comme un gentleman. Les fairways et les greens étaient soignés comme des espèces en péril. Le secrétaire du club, un peu bourru, m'a posé deux ou trois questions pour voir si je n'avais pas trop mauvais genre. Une fois l'examen passé, il m'a autorisé le bar et les vestiaires. Ma bonne mine et mes réponses ont dû le convaincre que je n'allais pas saloper son parcours ni pisser dans les douches. J'ai profité du soleil qui s'était remis à briller franchement pour, en jouant, me remémorer les premiers jours d'enquête.

Si Gary Alan était rentré en Nouvelle-Zélande, il n'allait pas à son bureau. J'avais en effet planqué plusieurs fois devant Channel et je ne l'avais pas vu sortir. Je ne m'étais pas servi de la vieille photo du groupe que John Jangtsee m'avait faxée, elle aurait été bien inutile. J'en avais trouvé une autre dans l'annuaire des journalistes et producteurs néo-zélandais. Il s'agissait bien de lui, même si entre les deux photos il semblait y avoir beaucoup plus de quinze ans. Autrefois ses cheveux longs et blonds lui donnaient l'allure d'un surfeur éternellement jeune. Il avait coupé tout cela et paraissait maintenant moins arrogant. Mais au cours de ces planques, je n'avais vu personne qui lui ressemblât.

Ni au siège de la chaîne ni à Devonport donc. Mais j'ai fini par savoir qu'il avait aussi une maison sur la côte ouest, à une quarantaine de kilomètres, près de la plage de Kare Kare.

Je pourrais dire encore que cela était arrivé par hasard. Un hasard que j'avais bien cherché. Du côté des bars, ceux qui restent ouverts le soir près de Channel 3. J'avais parlé, bu des bières, et parlé encore. J'avais fini par tomber sur un groupe dans lequel il y avait le jeune Maori un peu gros du sauna, celui qui était le moins bavard. Il n'avait pas été beaucoup plus prolixe, il m'avait juste dit bonsoir, j'étais resté sur cette réserve. Mais, sans le vouloir, j'étais passé pour un de ses copains. Ces types étaient techniciens de plateau ou ingénieurs du son ou quelque chose comme ça. Ils avaient tourné beaucoup pour la chaîne publique, pour des sociétés privées aussi, ils connaissaient tous les milieux, des reportages et des émissions. Certains avaient travaillé pour Alistair à un moment donné. Nous avons beaucoup rigolé, beaucoup bavardé, de tout et de rien. Je ne voulais pas qu'ils s'aperçoivent que je m'intéressais de très près à Gary. A un moment donné ils ont mentionné sa maison de campagne. Celui qui en a parlé était celui-là même que j'avais connu au sauna.

28

LA PLAGE SANS LE PIANO

Cette fois l'attente a été beaucoup moins longue. De toute façon il fallait bien que cette course-poursuite s'arrête un jour. La Nouvelle-Zélande est certainement suffisamment grande pour s'y perdre dans les recoins de sa nature sauvage mais Gary Alistair ne pouvait pas se cacher tout le temps. Il avait toutes les raisons de continuer à travailler normalement même s'il en avait aussi quelques-unes de se tenir à l'écart.

Kare Kare n'est qu'à une quarantaine de kilomètres du centre d'Auckland mais c'est un tout autre monde. Une fois franchies les banlieues les plus éloignés comme Titirangi il n'y a plus qu'une petite route qui serpente comme une route de montagne. Il n'y a plus aucune maison ou alors elles sont bien cachées. Les collines qui descendent jusqu'à la côte sont abruptes et anarchiques, la végétation très dense. Ce sont les derniers contreforts des falaises qui reçoivent toutes les tempêtes d'ouest.

La maison était derrière la plage de sable noir, suffisamment loin pour qu'elle ne soit pas visible, qu'elle laisse à ce paysage brut sa beauté vierge, sans traces de civilisation. En fait les rares habitations de ce coin sont toutes en retrait, à l'abri de la fureur de la mer, dans des vallées touffues. J'ai su tout de suite que sa maison, si c'était bien la sienne, n'était pas vide.

Je ne pouvais pas m'approcher mais je pouvais observer, de loin, en jouant les touristes. La plage est célèbre et visitée pour sa sauvagerie. Et surtout parce qu'elle a servi de décor à l'un des films les plus emblématiques du pays, *La Leçon de piano*, avec cette fameuse image d'un piano échoué seul en bordure des vagues. Je ne voulais pas sonner à sa porte et tomber sur quelqu'un d'autre. Je ne voulais pas être repéré. J'ai passé la journée à observer de loin les allées et venues. Rares. Une Mercedes a quitté la maison vers une heure trente mais ce n'était pas lui, seulement un couple. L'homme avait les cheveux blancs et la femme une bonne cinquantaine. Personne n'est sorti dans le jardin pour les accompagner vers la porte.

J'avais trouvé un point d'observation, un chemin sur la colline voisine. J'étais habillé de couleur beige et sombre pour me faufiler dans la nature sans trop me faire remarquer. J'avais même renoncé à l'un de mes couvre-chefs rouges me contentant d'un chapeau imperméable gris-mauve, couleur de pluie. Pour l'instant celle-ci ne s'était pas encore signalée malgré les gros nuages qui roulaient en provenance de l'ouest. Le bruissement du vent dans le feuillage des qarrys multicentenaires, recroquevillés sur leurs branches emmêlées, m'empêchait de distinguer quelque bruit que ce soit venant de sa maison. Je n'étais pas sûr que ce soit la sienne mais j'observais avec la seule arme que j'avais emportée, une paire de jumelles Zeiss. Elles me permettaient de patienter, posté derrière un gros tronc au bout du chemin où j'avais pu placer discrètement ma voiture.

Vers quatre heures la porte s'est ouverte sur un homme seul. Enfin pas complètement car il a fait monter un chien, un labrador dans un 4 x 4 gris foncé qu'il a sorti du garage. Je l'ai reconnu tout de suite. Difficile d'être sûr car j'étais à près de cent mètres et je ne l'avais jamais vu qu'en photo. Mais son allure sportive, sa carrure et ce que je pouvais distinguer de ses traits m'ont persuadé que j'avais enfin débusqué mon homme. Je l'ai suivi à la jumelle. Je ne comptais pas le prendre en filature, juste trouver le moment propice. Il n'est pas allé loin. Il a garé le gros Hyundai sur le parking de la plage en contrebas, près d'un totem maori. Je l'ai observé pendant qu'il libérait le chien. L'animal gambadait dans tous les sens puis s'enfuyait pour courir après les mouettes qui s'envolaient toujours avant qu'il ne les rattrape. Ils se sont engagés entre les hautes herbes, vers les dunes et la plage. A ce moment-là seulement je me suis décidé à bouger.

Le parking était presque désert, il n'y avait que cinq voitures. Des pêcheurs sans doute car les surfeurs que j'avais vus de loin se laissant emporter par les courants monstrueux et les vagues déferlantes avaient déjà rangé leurs outils depuis un bon moment. Pourtant ils sont coriaces et infatigables. La mer descendait sur la grève immense, découvrant le sable noir, ajoutant de l'austérité à la sauvagerie du lieu. Une palette en demi-teinte, couleur de fer et d'inquiétude. Gary Alistair marchait le long des dunes. Son chien filait vers les hautes herbes, seule tache blonde dans ce paysage très sombre, à la poursuite d'improbables lapins. Je me suis dirigé vers la mer, vers les vagues, du même côté que lui. Je recevais de temps en temps de l'humidité, sans distinguer s'il s'agissait d'embruns ou des premières gouttes d'une nouvelle dépression venue du grand océan du Sud qu'aucun obstacle n'entrave avant de buter sur cette côte propice aux naufrages.

J'ai échangé quelques mots avec deux pêcheurs qui lançaient leurs lignes dans l'eau mousseuse et bouillonnante. Un père et son fils probablement. Ils m'ont dit qu'ils ne devaient pas avancer malgré leurs bottes car les masses liquides provoquaient des courants si forts qu'ils pouvaient être emportés en moins de deux. Qu'il y avait tout le temps des accidents, notamment chez les amateurs de surf et de sensations fortes. Je les ai cru volontiers. Je me tenais en retrait, je n'avais aucunement l'intention de goûter l'eau, encore moins de me baigner. Les surfeurs devaient connaître le coin comme leur poche et s'exciter du danger. Je voulais seulement passer pour un promeneur discret.

Gary Alistair revenait maintenant du bout de la plage où j'étais presque arrivé. Nos deux silhouettes, plus celle du chien qui zigzaguait en se tenant à l'écart du ressac, se rapprochaient inexorablement et se reflétaient dans les flaques d'eau de mer comme dans un miroir géant. Je n'ai rien fait pour l'éviter, lui non plus. Un simple signe de tête avant de se croiser. Il s'est arrêté brusquement et m'a dévisagé. J'ai rentré la tête dans les épaules car une nouvelle risée nous rinçait d'une vraie ondée. Mon chapeau me protégeait un peu, Alistair était nu-tête mais il ne le remarquait pas, comme si la pluie l'évitait. Il a bougonné quelque chose, j'ai répondu sur le même ton. Au moment de me dépasser il m'a apostrophé :

— Pourquoi faites-vous semblant ?

— Pardon ?

— Vous savez très bien ce que je veux dire, monsieur Ashe.

— Vous savez même mon nom ?

— Pas beaucoup plus, sinon que vous me suivez et que vous m'avez espionné une bonne partie de la journée. Qu'est-ce que j'ai de si intéressant ?

— J'aimerais parler avec vous.

— C'est bien pour cela que je suis venu promener le chien sur la plage, j'avais envie que nous soyons tranquilles. C'est un endroit particulièrement âpre, vous ne trouvez pas ?

— Sauvage, disons.

— Sinistre même quelquefois. C'est une côte où tout se brise.

29

A COMME ALAN ALISTAIR

La disparition d'Alan depuis l'université est le plus facile à expliquer. Il avait le physique le plus passe-partout, un Australien de carte postale. Avec ses cheveux délavés par la mer et le soleil, ses cuisses bronzées sous l'éternel bermuda à poches et sa démarche cool il aurait été remarqué à Dublin ou à Londres. Dans son pays, l'Australie, il s'était facilement fondu dans la foule. Dans un premier temps.

Un premier temps très court. Des quatre, c'était lui qui avait le plus intérêt à être discret. Car au cours du simili-procès qu'avaient tenu les instances sportives et universitaires après la coupe, il avait été le principal accusé. David et Bruce avaient été mis hors du coup assez vite par l'autre fille, Loreen. On ne pouvait les accuser que de complicité et encore. Même si au fond de leur conscience, ils se savaient responsables en groupe. Quant à Chris, c'était sa parole contre celle d'Alan. Chris l'avait accusé et lorsqu'il avait raconté les événements de son point de vue, son témoignage avait été accablant.

Alan ne voulait pas quitter l'université mais il y était bien obligé. En revanche, le rugby il s'en fichait.

Il n'avait pas, comme les autres, besoin de cela pour se sentir exister. Il poursuivait d'autres ambitions. Ses juges l'avaient bien senti et le lui avaient fait payer en le rayant de toute nouvelle possibilité d'inscription quelque part. Une sanction.

Pour Alan le rugby n'était pas un but en soi, même s'il y excellait. Juste un moyen d'affirmer ses qualités de leader, son pouvoir sur ses camarades, sur quelques-uns en tout cas. Pour lui, le rugby, via les équipes universitaires, n'était qu'un moyen de grimper l'échelle sociale, de sortir de l'ennui des fermes et du cul des vaches dans l'aride campagne australienne. L'échelle c'était important pour lui, il voulait continuer à en grimper le plus vite possible les barreaux pour échapper à cette vie-là.

Alan avait une autre passion, le surf. Il était aussi bien sur sa planche que sur un terrain de rugby, plutôt mieux même. Sauf que, sur son surf, il ne partait qu'à l'assaut des vagues, pas des barreaux de l'échelle.

D'abord il avait vécu quelques mois comme cela, dans un vieux camping-car qu'il baladait de Broome à Margaret River et de Warnanbool aux plus fameux spots du Queensland. Dans des endroits sauvages où il voyait plus d'oiseaux de mer que d'Australiens ordinaires. Un monde fait pour l'oubli, entre runs haletants sur des vagues de plusieurs mètres, joints partagés tous les soirs avec ses clones qui ne lui demandaient rien de sa vie. Ni de la ferme, ni du rugby, ni des accusations portées contre lui. Entre la musique qu'ils écoutaient à fond dans les baffles accrochés aux portes du vieux Volkswagen et les filles faciles qui ne se jetaient pas des falaises après avoir baisé avec toute la bande.

Mais Alan savait bien qu'il n'arriverait pas à grand-chose en continuant à mener cette vie-là. Avec le surf pour passeport il était parti en Californie. Du côté des spots du Pacifique, le surf était aussi un moyen de poursuivre des études sans tenir compte du veto des universités australiennes.

Et puis il était rentré sans retourner à Wagga-Wagga, ni même sur les plages de la côte est. Il avait même renoncé à Sydney, la ville où on se montre, une *show off place*, la ville des plaisirs, la plage de Bondi, les idiotes en bikini, les bistrots de Coogee Beach et le soleil. Il était parti à Melbourne, la ville du costume trois-pièces et du business, la ville de la bonne conscience et de ceux qui bossent. Avec ses diplômes américains authentiques. Alan avait coupé ses cheveux en une brosse très anonyme, il avait glissé son corps musclé dans d'autres tenues bleu marine et des chemises blanches un peu amples pour cacher son corps d'athlète. Il avait ouvert une agence de communication dans l'un des buildings de verre qui se partagent la ville avec les bâtiments victoriens restaurés. Il n'y connaissait presque personne. Il avait monté son réseau par son seul talent, sa force de caractère et ce pouvoir de conviction qu'il avait conservé. Ses qualités de leader. Un bon organisateur aussi, tout ce qui conviendrait plus tard à un producteur de télévision. Il avait suffisamment de curiosité pour vite exceller dans ce monde dont il avait toujours rêvé.

Une fois installé dans le building de verre avec son nom en lettres dorées sur une plaque de marbre, Alan savait qu'il n'avait plus qu'à grimper les étages du building et c'était fait. Sauf qu'entre-temps il s'était rendu compte que s'il entrait dans le monde de la télé australienne, un monde de rumeurs et de fouineurs, un monde où les jalousies sordides servent parfois d'outils, son passé risquait de resurgir un jour ou l'autre.

Alors il était parti produire et tourner des films au Canada puis en Nouvelle-Zélande. Chaque fois pour une nouvelle femme. Alan traînait une réputation de coureur. Les types de la télé que j'avais rencontrés dans un bar semblaient le dire avec une certaine admiration. L'appétit sexuel d'Alan lui avait joué des tours. C'est pour cela peut-être que ses *love affairs* n'avaient pas duré. Peut-être.

Des psychologues de supermarché diraient aussi que l'histoire du viol l'avait marqué et que la culpabilité avait fini par saper ses relations amoureuses. Ou à l'inverse, qu'une telle agression – être capable de violer une adolescente devant ses copains – était le signe d'une obsession sexuelle et d'une instabilité affective. La culpabilité avait d'ailleurs marqué la vie des quatre garçons et c'est sans doute pour cela qu'ils avaient tous connu des destins erratiques et finalement brisés.

Quoi qu'il en soit, les femmes avaient toujours dirigé la vie d'Alan. A cause d'elles, il avait beaucoup bougé. Quand il voulait rompre, il partait. Il avait appris, après la mort de Laura du haut des falaises de Sydney, que la fuite était souvent le meilleur moyen d'oublier les problèmes. Le déménagement comme thérapie. Nouvel amour, nouveaux horizons. Nouveaux pays, nouvelles activités.

Evidemment il n'avait pas revu ses trois copains. Il aurait pu revoir Chris à Melbourne quand il avait su que son ancien pote jouait dans une bonne équipe de rugby. Il aurait été facile de provoquer le hasard entre ses activités dans la communication et les opérations de sponsoring sportif. Mais il n'en avait jamais eu envie. Même chose avec les autres. Quand plus tard il avait su que certains d'entre eux étaient gay, Alan avait été conforté dans son souhait d'en rester éloigné le plus possible. Il restait imprégné de ce qu'on disait des pédés dans sa famille et au fin fond des élevages de Nouvelle-Galles-du-Sud. Quand David avait revendiqué son homosexualité, il avait été choqué. Cette manière de sortir du placard, ce *coming out* d'un sportif connu cadrait mal avec le goût du secret d'Alan. Comme la vie de noctambule que menait Chris dans les boîtes interlopes, qu'il avait fini par découvrir. De plus, Alan avait toujours vécu avec le sentiment que l'affaire du viol pouvait resurgir d'un moment à l'autre. C'est bien pourquoi il avait cherché à revoir Chris peu de temps avant sa mort quand il avait appris que son ancien *mate* aller passer dans une émission de téléréalité.

Alan avait toujours nié avoir violé la jeune fille ou même avoir eu l'intention de le faire. De son point de vue, il avait d'abord baisé avec Loreen, la copine et ils s'étaient tous à moitié endormis après une soirée trop arrosée. Selon lui, il ne s'était pas rendu compte qu'elles étaient aussi jeunes. Il ne niait pas que, sans la force de persuasion du groupe, sans la carrure de ces quatre-là, les choses auraient tourné différemment. Mais pour lui les filles étaient consentantes. Il l'avait dit à ses juges dès le début. Si elles les avaient amenés dans ce parking à deux ou trois heures du matin, ce n'était pas seulement pour écouter de la musique et fumer des pétards. Laura n'avait pas voulu faire l'amour avec lui mais ce n'est pas pour cela qu'elle s'était enfuie de la voiture. Cela s'était passé plus tard, alors qu'ils étaient tous assoupis. Il ne savait pas pourquoi elle était sortie de la Chrysler, il avait eu l'impression que Chris y était pour quelque chose.

Sur la plage de Kare Kare Alan m'a longuement expliqué sa version. Comment la fille s'était soudain mise à courir pieds nus sur les rochers. Comment il s'était rendu compte tout à coup que quelque chose ne tournait pas rond dans leur balade malsaine. Comment il avait couru à son tour en criant. Comment elle s'était peut-être méprise et finalement dirigée vers les falaises. Ensuite il l'avait rattrapée pour l'empêcher d'aller plus loin mais Chris était arrivé, ils s'étaient battus et Laura s'était encore échappée. Quand il s'était relevé, elle avait disparu dans la nuit, dans le vide et elle s'était écrasée sur les rochers coupants du Pacifique.

Pourquoi les juges sportifs avaient-ils cru à la tentative de viol ? Etait-ce à cause de l'assurance de Chris quand il avait témoigné ? Ou de l'obstination d'Alan à ne voir dans leur virée qu'une plaisanterie d'après-match ? Auparavant Alan aimait bien Chris et ses folies mais après l'accident il ne lui avait jamais pardonné sa version des faits qui le condamnait.

Un jour, il avait reçu un coup de fil de Judy Lemming. Et après s'être renseigné sur Chris-Charlene, il avait décidé de le revoir et de lui parler. Il lui avait même proposé de l'argent.

30

CONFIDENCES EN BORD DE MER

— Est-ce que vous me croyez ?

— Sur quoi ?

— Je n'ai jamais violé, ni voulu violer cette fille. C'est à cause de Chris que tout est arrivé.

— Je ne sais pas, je connais mal toute l'histoire.

— Mais M. Jangtsee vous l'a racontée.

— John Jangtsee aimait bien Chris, c'était son préféré, ils se sont vus souvent après la coupe universitaire.

— Et il vous a raconté que tout était ma faute ?

— Non, ce n'est pas comme cela qu'il voit les choses. Jangtsee n'était pas avec vous. Il a cru ce que lui avaient dit les autorités.

— Et pourquoi pensez-vous qu'ils ne m'ont pas envoyé en prison ?

— Vous allez me le dire monsieur Alistair. Je suppose qu'à l'époque, il y a une quinzaine d'années, les dirigeants du sport voulaient étouffer l'affaire.

— C'est un peu plus compliqué, ils savaient que j'étais innocent mais ils devaient me donner tort car la famille de Laura était très riche. Ces gens-là voulaient un coupable mais en même temps, ils étaient prêts à payer pour qu'on ne parle pas de tout cela dans la presse. Ils voulaient que je sois clairement désigné et que cela me poursuive toute ma vie. Mais surtout que l'affaire ne soit pas rendue publique. Vous me croyez ?

— Pourquoi faudrait-il absolument vous donner raison ?

— Parce que, sinon, ce n'est pas la peine que je vous raconte ce qui s'est passé à Perth avec Chris. L'histoire est tellement ambiguë que si vous ne me faites pas confiance, vous me condamnerez immédiatement.

— Mais vous souhaitez me la raconter, n'est-ce pas ? Vous m'attendiez ? Vous avez envie de parler…

— Je pense qu'un gars comme vous peut distinguer si un type est sincère ou non.

La plage était maintenant déserte et toute la baie s'était assombrie. Nous nous étions éloignés des vagues mousseuses mais nous recevions maintenant des gifles de crachin. J'ai frissonné malgré l'atmosphère tiède, la nuit s'annonçait. Alan ne semblait pas sentir la pluie. Les pêcheurs commençaient à se décourager et à ranger leur matériel. J'ai rentré la tête dans les épaules sans lui répondre. Là où nous étions arrivés, sur la droite de la grève noire, une rivière creusait un lit un peu plus profond et se jetait dans l'océan. A la limite du mélange des eaux, on distinguait des tourbillons éphémères et des courants puissants. Nous sommes repartis de l'autre côté, toujours sans un mot. J'attendais qu'il se décide. C'est venu un peu plus tard.

— Je tournais un film dans l'*outback*, au nord de Kalgoorlie. J'avais appris que Chris venait chanter à Perth et sans le prévenir j'ai roulé les cinq cents kilomètres depuis le lieu de tournage pour le retrouver le soir. L'équipe n'avait pas besoin de moi. Je suis allé l'écouter au *Court Hotel*, un bar gay. C'était une soirée spéciale, enfin très spéciale pour moi. C'était la première fois en réalité que j'entrais dans un endroit pareil. Je ne peux pas dire que j'étais choqué, seulement surpris. Et ces regards sur moi… j'ai compris pour la première fois ce qu'une femme pouvait ressentir sous l'œil plein de convoitise d'un homme excité. Pour la première fois de ma vie je me suis dit que cela devait être très embarrassant, surtout si on ne provoque pas ce désir. J'étais fatigué, j'avais sommeil, je suis sorti une fois ou deux fumer des cigarettes sur Beaufort Street. J'ai bu pas mal de bière et j'ai attendu son show. D'abord je ne l'ai pas reconnu sur scène, je pensais que c'était un autre numéro. Il avait beaucoup changé, je veux dire au-delà du travestissement, je l'ai vérifié après. De toute façon, c'était un choc pour moi. La dernière fois que je l'avais vu, il courait sur un terrain de rugby, c'était un athlète. Mais il avait toujours cette folie dans le regard et ce sourire, c'est comme cela que j'ai fini par le reconnaître sous la perruque blonde alors qu'il chantait en play-back la chanson *Can't Get You Out of My Head* de Kylie Minogue. Et il avait toujours son corps musclé, il ne l'avait pas perdu. Pour moi c'était encore plus étrange et c'est peut-être pour cela que j'ai été un peu brutal après. Au fond tout cela m'avait déstabilisé.

Alan continuait à raconter sa soirée à Perth, sans me regarder, en marchant à mes côtés, d'une voix égale qu'il poussait un peu par moments à cause du vent qui soufflait plus fort quand la pluie cessait. Deux inconnus perdus au bout du monde. Nos deux voitures sur le parking étaient maintenant les seules traces de civilisation sur cette côte inhospitalière. Deux individus à la limite du monde pour se raconter une histoire que personne d'autre ne pourrait entendre à cause du désordre des éléments. Le labrador suivait des yeux la crête des vagues mais il ne les approchait jamais. Ce n'est pas l'envie qui lui manquait, notamment quand il poursuivait les mouettes. De temps en temps il courait de l'autre côté vers les dunes, une vaillance à toute épreuve. A ce moment-là j'ai pensé qu'Ange et Alan s'étaient sûrement croisés au *Court Hotel* le soir de la mort de la drag-queen. Ils l'avaient tous les deux entendue chanter travestie en Kylie Minogue. Cette nuit-là, mon ami policier avait peut-être observé avec un peu d'envie la carrure athlétique d'Alan, l'homme que je recherchais depuis des semaines. Sans savoir que c'était l'ancien rugbyman, il avait peut-être bandé pour son corps encore impeccable. Aujourd'hui Alan avait à peu près quarante ans, l'âge le plus viril, une gravure pour revues gay. Ange n'avait sans doute pas remarqué son embarras ou sa nervosité. Ou il l'avait pris pour de la timidité.

— Dès que Chris eut fini de chanter, j'ai filé vers les coulisses. J'avais prévu de dire que j'étais un copain du rugby mais personne ne m'a rien demandé, ils m'ont laissé passer. C'est après que les choses se sont compliquées. Chris a d'abord été très chaleureux, je crois qu'il était content de me voir. J'ai tout de suite compris qu'il était pressé, que quelqu'un d'autre devait l'attendre car il n'a pas voulu aller prendre un verre autre part quand je le lui ai proposé. On a fait semblant de se congratuler, je n'étais pas vraiment heureux de le retrouver. Enfin, je veux dire de le retrouver ainsi, en drag-queen, je perdais mes repères. Je lui ai dit qu'il fallait qu'on discute tout de suite, que j'avais à lui parler. Je crois que dès ce moment-là, il avait deviné ce que je voulais lui demander. Il m'a dit qu'il avait peu de temps, je l'ai supplié, cela l'a agacé, je l'ai bien vu. J'ai insisté et il a fini par me dire de l'attendre un peu plus loin dans Short Street où il avait garé sa voiture. J'ai bien compris qu'il ne souhaitait pas qu'on nous voie ensemble, qu'il avait rendez-vous avec quelqu'un d'autre. Alors je l'ai attendu dehors comme il me l'avait demandé.

— Personne ne vous a vu avec lui ?

— Je ne crois pas, pas ceux que la police a interrogés ensuite. Quand j'étais passé par les coulisses, c'était le bordel, il y avait beaucoup de confusion. Et si d'autres m'ont vraiment vu avec lui, ils n'avaient sans doute pas intérêt à faire parler d'eux.

— C'est-à-dire ?

— Attendez que je vous raconte la suite. Nous avons parlé, avec Chris, dans sa voiture. Il était très étonné que je sache qu'il allait passer dans cette émission. Je lui ai dit que Judy Lemming m'avait contacté. Il était abasourdi, il n'y croyait pas. En principe ce devait être une surprise. Judy est très forte pour convaincre les gens, très forte pour leur mentir aussi.

— C'est elle qui vous a dit qui j'étais ?

— Evidemment.

Je ne l'ai plus interrompu. Et il m'a tout raconté, tout ce qu'il avait vu ce soir-là à Perth. Comment Chris avait très mal pris qu'il lui demande de renoncer à l'émission. Comment il l'avait supplié. Comment il lui avait même proposé de le dédommager. Chris avait rigolé. En me racontant tout cela, il n'avait pas le beau rôle, il ne se donnait pas d'alibi. Au contraire il me donnait plutôt le mobile qui aurait pu le conduire à vouloir tuer Charlene. Après Chris et lui s'étaient séparés assez sèchement sans qu'Alan ait rien obtenu.

— C'était tout le contraire d'une nuit comme celle qui arrive. Il faisait chaud, le vent était tombé, il y avait juste une légère brise qui faisait bouger lentement les eucalyptus, l'air sentait bon, la terre sèche, un peu brûlée, toute la douceur de l'Australie-Occidentale. Et puis il y a le hasard. Vous y croyez ?

Je n'avais pas envie de répondre à ce genre de questions ce soir sur la plage de Kare Kare sous les bourrasques de pluie. J'ai bougonné quelque chose d'indistinct. De toute façon il était lancé.

— Je voulais rentrer à l'hôtel, là où j'avais retenu une chambre, en plein centre, tout près de ce bar où il venait de chanter. J'étais remonté dans ma voiture garée un peu plus loin. J'ai démarré, les rues étaient désertes. Je me suis dirigé vers William Street je crois, c'est la rue principale derrière Perth City dans le quartier de Northbridge, là où il y a tous les cabarets. Là où il y avait des groupes de jeunes, des Asiatiques surtout. J'étais abattu. J'étais sûr alors que Chris aurait encore plus de raisons de ramener sur le tapis, dans l'émission, cette vieille histoire de la coupe universitaire. Que Judy Lemming – une fille que je n'aime pas beaucoup entre parenthèses, très hypocrite, prête à tout pour obtenir le pire et le meilleur des gens – ferait venir des témoins de cette époque pour les mettre en face de Chris, peut-être John Jangtsee. Que j'allais être obligé de sortir de l'ombre. Je m'étais mis moi-même dans le pétrin en suppliant Chris. Si pendant l'émission il en reparlait, si Judy disait que je n'avais pas voulu venir, mon nom serait cité et ma culpabilité dans l'affaire du viol ne ferait plus aucun doute. Le fait que j'occupe une fonction en vue, enfin un tout petit peu, mais vous savez, un producteur de télé... Bref tout cela tombait très mal, je m'étais moi-même piégé. Peut-être que j'étais trop nerveux à ce moment-là, il y a un mois à peine. J'étais en train de me séparer d'une femme et cela me rendait hypersensible. Depuis des semaines j'étais sur les nerfs, le film ne se passait pas bien. C'est à tout cela que je pensais en reprenant ma voiture et en me dirigeant vers l'hôtel. Et puis le hasard. J'attendais à un stop que deux voitures passent. L'une d'entre elles était celle que Chris conduisait. Il est passé devant moi dans William Street au moment où j'allais moi-même y tourner. Il ne m'a pas vu, j'en suis sûr. D'ailleurs à cet endroit-là, la rue est moins éclairée. J'étais très anonyme, pas lui avec sa perruque blonde comme Kylie, et son déguisement. Je n'ai eu aucun mal à le suivre. Je n'avais rien à faire de précis. Il est parti vers les plages et j'ai continué à le suivre de loin. Je ne sais pas très bien pourquoi j'agissais ainsi, qu'est-ce que j'attendais de plus au juste ? Je me doutais qu'il avait un rendez-vous, je ne m'étais pas trompé. A Subiaco – j'ai su seulement après qu'il s'agissait de Subiaco, en lisant les journaux, là où ils ont retrouvé sa voiture, car je ne connais pas bien Perth –, il s'est garé sur un parking et il est monté dans une autre voiture. A ce moment-là je n'ai pas vu qui la conduisait. Ce n'est que plus tard que j'ai pu apercevoir le type qui était avec lui, mais de loin seulement. Ni l'un ni l'autre ne m'avaient repéré, je pouvais continuer ma traque tranquillement. Car c'est bien de traque qu'il s'agissait. J'étais grisé, comme si j'avais la révélation de quelque chose d'interdit. Cette poursuite me passionnait, au fond. D'autant que tout à coup j'ai compris que nous n'étions pas seuls. Une autre voiture, une grosse Holden sombre s'était aussi arrêtée un peu à l'écart, à Subiaco. Elle les suivait aussi. J'étais loin, je ne crois pas que ceux de la troisième voiture m'aient repéré. Je les ai laissé passer, je voulais m'assurer que je ne m'étais pas trompé. Mais non, la Holden suivait bien le couple de loin. Nous sommes ainsi arrivés en convoi sur le parking de la plage de Swanbourne. Je les avais laissé prendre de l'avance et je les ai vus se garer. Je suis resté à l'entrée du parking. Il y avait bien un ou deux lampadaires mais c'était assez sombre. J'ai vu l'ami de Chris quand ils ont ouvert les portières. Un grand type, une silhouette massive, les cheveux clairsemés. Nettement plus âgé que mon ancien copain. C'est tout, il m'évoquait vaguement quelque chose mais sans plus.

— Vous savez qui c'était ?

— Comment voulez-vous que je le sache. Le type qui l'a tué, sans doute.

— Ça, je ne le sais pas, mais son amoureux, ce soir-là, c'était le père de David Dwight, Robert Dwight.

— C'est pour cela sans doute que la silhouette m'avait semblé vaguement familière. Mais qu'est-ce qu'il foutait là ?

— Apparemment, ils avaient une histoire, très secrète et très clandestine.

— Et c'est lui qui l'a tué ? m'a demandé Alan.

— Je n'en sais rien. Peut-être lui, peut-être vous, peut-être un autre…

— Vous voyez bien, cela ne sert à rien que je continue, vous ne me croyez pas !

— Pourquoi n'avez-vous pas raconté tout cela à la police ?

— Je m'étais moi-même tendu un piège, je vous l'ai dit. Je n'avais aucune raison d'être sur ce parking. Je n'avais aucune raison d'être à Perth. Je n'avais pas envie qu'on sache que j'avais parlé avec Chris. Je serais tout de suite devenu le suspect numéro un alors que je n'y suis vraiment pour rien dans sa mort. Celui qui l'a tué, c'est soit son amoureux comme vous dites, soit les deux types qui suivaient.

— Pourquoi ?

— Voilà ce qui s'est passé, après, sur ce parking qui est en réalité un lieu de rendez-vous homosexuel. J'ai compris qu'il y avait du remue-ménage, des types seuls qui allaient et venaient derrière les toilettes. C'était à la fois très obscur et pas complètement désert. Il y avait quelques silhouettes et des claquements discrets de portières. Chris et son ami se sont éloignés vers la plage et les dunes dans l'obscurité complète. Ils n'ont pas une seule fois regardé derrière eux. Mais très peu de temps après deux gars sont sortis de la Holden. Ceux-là n'avaient pas l'air de draguer. Ils ont attendu un moment et sont partis eux aussi dans la nuit. L'un des deux était trapu, plutôt gros.

— Vous pourriez le reconnaître ?

— La seule chose que j'ai vue, à part l'allure du gros, c'est que l'autre avait un tee-shirt sans manches et des cercles tatoués sur les bras. Mais je serais bien incapable de vous dire s'ils avaient vingt ou cinquante ans.

— Et qu'est-ce que vous avez fait ?

— Rien, je ne les ai pas suivis mais je ne suis pas parti tout de suite. J'étais hypnotisé par ce qui se passait. Par ce que je continuais de voir autour de moi. Le manège des types, les voitures éteintes, les rougeoiements des cigarettes, les brèves rencontres. Comme si j'avais franchi une frontière interdite. Le jour où j'avais vu pour la première fois mon copain travesti et un bar gay, je voyais aussi un lieu de drague. Je suis resté au moins une heure, peut-être beaucoup plus.

Je ne voulais pas lui dire que je connaissais parfaitement l'endroit, au bout de la plage de Swanbourne. J'aurais pu décrire les lieux plus précisément que lui et lui en expliquer les habitudes. Mais je tenais à rester d'une neutralité parfaite afin qu'il ne se détourne pas de son récit. Je ne voulais pas le distraire par la réalité de ma présence. En fait, il était lancé et n'avait pas l'intention de s'arrêter maintenant.

— Je n'ai jamais revu Chris, je vous le jure, je ne suis pour rien dans sa mort. La seule chose que je sache c'est que les trois sont revenus des dunes mais pas lui. En tout cas je ne l'ai pas vu. D'abord l'ami, il était en effet plus vieux, la soixantaine bien sonnée. Il avançait comme un somnambule, il boitait un peu, enfin c'est ce que j'ai cru voir. Il a allumé une cigarette avant de remonter dans sa voiture et il l'a mise en route très lentement. Tout le contraire des deux autres, un bon moment après. En réalité ces deux-là ne sont pas revenus ensemble. Le plus grand avait pris le même chemin que l'ami de Chris pour regagner sa voiture en courant. Il l'a fait démarrer et il a attendu un peu plus loin. Quelques minutes après le gros a surgi de la plage mais de l'autre côté du parking, derrière le bâtiment des *lifesavers*. Il s'est engouffré dans la Holden et ils ont filé très vite. Ils n'ont pas pris la route qui longe la côte, ils ont bifurqué au premier rond-point.

— Et après ?

— Après, rien, Chris n'est pas réapparu. De toute façon je ne me suis pas attardé dans le coin, je crois que tout cela m'angoissait. Je suis allé dormir quelques heures à l'hôtel et j'ai repris la route très tôt pour rejoindre le tournage. Je n'ai appris sa mort dans les dunes que trois jours après en lisant un exemplaire du *West Australian* qu'un gars de l'équipe avait récupéré je ne sais où. Nous étions au fond de l'*outback*.

— Et vous n'avez rien fait ?

— Que vouliez-vous que je fasse ? D'abord j'étais très loin du lieu du meurtre, mon témoignage aurait pu être sujet à caution. Et surtout personne ne savait que j'étais là, à Swanbourne ni même à Perth ce soir-là. Je ne tenais pas à ce que quelqu'un l'apprenne.

— Vous pourriez être condamné pour non-dénonciation de crime.

— Je ne savais pas qu'il y avait eu un crime ce soir-là, j'étais loin de m'en douter.

— Mais maintenant vous le savez et vous n'aidez pas la justice ! Est-ce que vous seriez prêt à témoigner maintenant ?

— Non.

— Pourquoi, non ? Le père de David, Robert Dwight est mort. Le gros que vous avez vu après lui, c'est sans doute le camionneur que l'on a accusé des crimes. Il est mort lui aussi dans un accident.

— Raison de plus. Et le troisième ?

— Je n'en sais rien, je ne sais pas qui c'est.

Je ne tenais pas à dire à Gary Alistair qu'il s'agissait d'un flic. En l'occurrence John Smith-Wilson qu'Ange avait dans le collimateur depuis longtemps. Nous étions arrivés au parking, la nuit était presque tombée. Alan Gary a fait remonter son chien à l'arrière du 4 x 4. Il s'apprêtait à rentrer chez lui et j'allais de mon côté retourner à Auckland. J'aime bien la solitude mais cet endroit sauvage avait quelque chose de macabre à la tombée du jour. Avant de refermer sa portière, il m'a dit :

— Il y a eu beaucoup de morts, vous ne trouvez pas ?

— Beaucoup trop. C'est bien pourquoi tous les témoignages des gens de bonne volonté sont utiles. Le vôtre le serait sûrement. Réfléchissez-y.

Il n'a rien répondu. Il a mis le moteur en marche. Il avait simplement l'air soucieux mais calme, comme si la marche ou ses explications plutôt l'avaient soulagé. L'atmosphère gris sombre s'est refermée sur moi dès que ses phares se sont dissous dans la végétation dense et les collines de Kare Kare. Au moment de reprendre le volant j'ai cru que quelqu'un d'autre arrivait brusquement derrière moi, ce n'était qu'une nouvelle bourrasque. Décidément je n'avais aucune envie de m'attarder ici.

ÉPILOGUE

En rentrant à mon hôtel le soir à Auckland, j'ai tout de suite tenté de joindre Ange à Perth mais je n'y suis pas parvenu. Il était toujours bloqué par cette enquête sur les promoteurs véreux, sa secrétaire ne savait pas où il était ou plutôt elle ne voulait pas le déranger. En fait, il était en train d'arrêter l'un des corrupteurs, le plus arrogant. J'imaginais volontiers que, même si elle lui tenait à cœur, la mort de Charlene passait au second plan.

Bref, avec le décalage horaire ce n'est que le lendemain en début d'après-midi que j'ai pu lui parler. Il m'a rappelé de son bureau, il avait l'air pressé mais je ne lui en voulais pas, l'arrestation du gangster l'occupait à plein temps. Il m'a cependant écouté avec attention. Je lui ai tout raconté, je n'ai rien omis de ce que m'avait dit Gary Alistair la veille. J'avais pris des notes en rentrant à l'hôtel pour ne rien oublier. Je lui ai même décrit la beauté sauvage de la plage. A la fin il m'a simplement demandé :

— Tu le crois ?

— Je suis tenté de le croire. Peut-être pas sur tout parce qu'il fait un blocage sur l'histoire du viol à

Sydney il y a quinze ans. Dans cette affaire-là, il n'est pas très clair, ils étaient tous bourrés et sa culpabilité a dû altérer la précision de ses souvenirs. Mais pour le reste je pense qu'il est sincère. Juste une intuition. S'il ne l'était pas, il ne m'aurait pas raconté sa rencontre avec Chris au *Court Hotel* de cette manière. Il m'a donné trop d'éléments qui sont de vrais mobiles pour tuer son copain. S'il mentait, il aurait menti aussi là-dessus.

— Alors il faut que tu le persuades de témoigner. Va le revoir, demande-lui de l'enregistrer. Je suis sûr que tu vas y parvenir.

— Tu y tiens tant que ça ?

— Je crois que je vais déclencher une bombe. J'ai presque tout ce qu'il faut de toute façon. C'est vrai, je suis fatigué à cause du boulot ici mais ce n'est pas cela ma principale préoccupation. Si Gary Alistair témoigne ce sera accablant pour John Smith-Wilson. Voilà à quoi je pense tout le temps en ce moment. Smith-Wilson est complètement compromis avec la pègre de Nouvelle-Galles-du-Sud, c'est pour cela qu'il a tué les garçons, tous ceux qui risquaient de révéler ses affaires louches, même son copain le camionneur. Mais c'est très délicat, cela se passe à l'intérieur de la police.

Je lui ai promis d'essayer de le convaincre. J'avais prévu d'attendre un peu et de me rendre de nouveau chez Alan Gary à Kare Kare sans prévenir. Je lui laissais une journée ou deux de réflexion. Pendant ce temps, de son côté, il allait sûrement analyser ses choix, il allait ressasser, ruminer. Je suis sûr qu'il s'attendait à me voir revenir. Le tout était de savoir s'il m'ouvrirait sa porte.

Question vaine qui n'aura jamais de réponse. Je l'ai su plus tard en regardant les news locales sur Channel 3, celle pour laquelle il travaillait souvent, sponsorisée par la bière Steinlager. C'était le premier titre du journal. Gary Alistair s'était noyé, les secours cherchaient encore son corps dans les vagues de la plage de Kare Kare. Cette fois sa mort n'avait rien de mystérieux, sinon que les journalistes ne savaient sans doute pas que Gary Alan était très perturbé. A la fois par son indécision à témoigner sur la mort de Chris et à cause de la séparation d'avec sa femme. Des témoins, filmés il y a quelques heures à peine, avaient vu toute la scène et la racontaient aux journalistes. Cela s'était passé en milieu de journée, il y avait peu de monde comme d'habitude. Il promenait son chien. Le labrador avait dû s'aventurer un peu trop loin. Une vague avait éclaté sur le rivage. Sa masse liquide, comme souvent sur cette côte, était remontée sur la grève plate en quelques secondes, surprenant le chien, pas assez costaud pour résister au courant puissant. Alan avait crié et il avait fait la seule chose qu'il ne faut pas faire à cet endroit, il avait tenté de rattraper l'animal en courant avec de l'eau jusqu'aux genoux. Une autre vague avait surgi et il avait été happé à son tour. Les pêcheurs étaient restés impuissants. Ils avaient vu Alan disparaître dans les tourbillons meurtriers. Depuis, les recherches des pompiers, arrivés moins d'une demi-heure après, n'avaient pas cessé. Mais à la nuit tombante, ils n'avaient toujours rien retrouvé.

En voulant sauver son labrador, la seule affection tangible qu'il lui restait à ce moment de sa vie, Alan avait été emporté par les vagues immenses du grand océan du Sud. Son témoignage et ses secrets aussi.

Ange n'en eut pas besoin. Le dossier qu'il avait méticuleusement nourri depuis des semaines était solide. Il trouva d'autres témoins, notamment par le biais du club de rugby de Kensington, là où Chris, Bruce O'Brien et John Smith-Wilson s'étaient connus quinze ans auparavant. D'autres preuves aussi – les détails précis de son emploi du temps, les analyses des traces – pour confondre le flic gay assassin des drag-queens.

TABLE

BABEL NOIR

Catalogue

275. JOSEPH PÉRIGOT
Le Dernier des grands romantiques

276. FRÉDÉRIC H. FAJARDIE
Gentil, Faty !

281. MICHÈLE LESBRE
Une simple chute

282. JEAN-PIERRE BASTID
La Tendresse du loup

307. GÉRARD DELTEIL
Schizo

318. JEAN-FRANÇOIS VILAR
Bastille-Tango

319. SÉBASTIEN LAPAQUE
Les Barricades mystérieuses

321. THIERRY JONQUET
Du passé faisons table rase

346. FRÉDÉRIC H. FAJARDIE
Querelleur

347. ANNE SECRET
La Mort à Lübeck

367. MICHÈLE LESBRE
Que la nuit demeure

375. FRANCIS ZAMPONI
Mon colonel

376. THIERRY JONQUET
Comedia

377. GUY DARDEL
Un traître chez les totos

410. SERGE QUADRUPPANI
Colchiques dans les prés

411. JEAN-PAUL JODY
Stringer

421. GÉRARD DELTEIL
Dernier tango à Buenos Aires

422. FRANCIS ZAMPONI
In nomine patris

475. JEAN-PAUL JODY
Parcours santé

479. ÉRIC LEGASTELOIS
Adieu gadjo

487. DOMINIQUE LEGRAND
Décorum, journal d'Alexandre Davos assassin

491. FRANCIS ZAMPONI
Le Don du sang

1. FIRMIN MUSSARD
Fausse passe

2. ALAIN WAGNEUR
Terminus Plage

3. PHILIPPE COLIN-OLIVIER
Festival de came

4. PASCALE FERROUL
David sur ordonnance

5. MAURICE ATTIA
Alger la Noire

6. PATRICK DELPERDANGE
Coup de froid

7. MICHEL MAISONNEUVE
Le Chien tchéchène

8. DOMINIQUE SIGAUD
L'Inconfort des ordures

9. PETER MAY
Meurtres à Pékin

10. KERSTIN EKMAN
Crimes au bord de l'eau

11. LUIZ ALFREDO GARCIA-ROZA
Le Silence de la pluie

COÉDITION ACTES SUD – LEMÉAC

Ouvrage réalisé
par l'atelier graphique Actes Sud.
Reproduit et achevé d'imprimer
en septembre 2007
par Normandie Roto Impression s.a.s.
61250 Lonrai
pour le compte des éditions
Actes Sud
Le Méjan
Place Nina-Berberova
13200 Arles.

Dépôt légal
1re édition : octobre 2007.
N° d'impression : 072673
(Imprimé en France)